KB048723

박연희 지음

번아웃에서 벗어나는 목적 있는 휴식

드디어, 쉼표

다반
일상의 기쁨

쉼을 잊은 그대에게

얼마 전에 〈유퀴즈 온 더 블록〉에 '김창욱 교수님' 편에서 익명의 사연자의 "최근 무엇을 해도 의욕이 생기지 않는다"는 고민에 대해 김창욱 교수가 해준 이야기가 공감이 되고 인상 깊게 뇌리에 남아 있다.

"우리는 보통 일을 할 때 열정의 시기로 시작을 한다. 이때 우리가 흔히 하는 착각은 열정이 영원할 것이라는 것이다. 하지만 열정은 식고 열정의 크기에 비례하여 권태의 시기가 온다. 권태의 시기에 우리가 또 흔히 하는 두 번째 착각은 권태가 영원하리라는 것이다. 권태의 시기는 언젠가는 또 지나가고 성숙의 시기가 온다."

이 이야기를 들으면서 우리가 흔히 거치는 열정의 시기가 떠오르고 또 권태의 시기가 떠올랐다. 칼로 무 자르듯 권태와 그다음의 성숙기를 구분할 수 없지만 성숙기에 접어들수록 그 중심에 흔들리지 않는 무언가가 자리 잡음을 느낀다. 바쁜 와중에도 균형 있는 삶을 살기 위해서 발버둥 치고, 성숙함이 가져다주는 마음의 여유로 주변에 좋은 영향력을 끼치면서도 일에 있어서 허투루 함이 없다. 배움과 자기계발에 대한 투자를 지속해 가지만 돌아서서 다시 한 번, 그것들의 가치와 지속을 위한 쉼에 대해 생각한다.

열정이 익어 가는 과정을 자연스러운 것으로 받아들이고 마음의 여유를 가지며 쉼의 틈바구니를 삶에 곳곳에 만드는 것이 쉽지만은 않다. 쉼은 결국 멘탈에 좌우되고 동시에 멘탈을 좌우한다.

나에게 쉼이 필요하다고 인정하고 그 시간을 확보하는 것도, 내가 쉼의 시간을 갖는 것과

나를 뒤처지게 하는 게으름을 과감히 구별하는 것도,
쉼의 시간에 재충전을 위해 몰입하는 동안
일에 대한 조바심을 눌러 내리는 것도,
나는 나에게 맞는 쉼으로
내 잠재력을 깨울 수 있다는 확신을 갖는 것도

이 모든 것이 결국은 멘탈 싸움이다.

꿈은 꾸되 주어진 상황을 냉철하게 바라보고 상황에 쫓겨 마음을 앞세우지 않고 주어진 여건과 그 안에서의 삶에 자족하고 순간순간을 함께하는 사람들과 행복한 순간으로 만들기 위해 집중하는 것. 나도 모르게 내 안에 자리 잡은 인정욕에 휘둘려 다른 사람들의 판단에 내 인생의 희로애락을 맡기지 않고 한 걸음 한 걸음, 나만 알아차릴 수 있는 내 인생의 단계들을 인정하고 자축하는 것. 이것들이 가능해져야 비로소 평안한 쉼을 누릴 수 있게 된다.

그럼에도 불구하고 쉴 수 있고 그래서 쉴 수 있고 함께라서 특별한 쉼이 되고 혼자라서 더 잘 쉴 수 있는 수준의 멘탈이 되려면 사람들의 보이는 모습에 흔들리지 않고 나의 작은 성공들을 인정하고 격려하는 과정을 반복해야 한다. 내가 가치 있다고 여기는 것들에 집중하고 나에게 집중하는 시간을 갖고 난 후에 더 단단해진 '나'로 확실한 성공을 거두는 경험이 반복되어야 한다. 처음엔 나 스스로도 긴가민가할 것이고 나를 단단하게 만들어 가는 과정을 반복한 후에는 이렇게 살면 '되겠다' 싶은 마음이 들 것이다.

어디가 끝인지 몰라 나를 쉬지 못하게 했던 밑도 끝도 없는 '성공'이라는 것의 정의도 성공과 닿아 있는 것인지 아무 상관없는 것인지 막연하기만 했던 '행복'에 대한 욕망도 결국은 내 안에 만족에 이르는 척도와 답이 있는 것이다. 하지만 '내 마음을 아는 것'이라는 말 대신 멘탈이라는 단어를 사용한 데에는 그저 '아는 것' 이상의 '잡는다' 혹은 '기준을 세운다'라는 조금 더 능동적인 의미를 담고자 했던 의도가 있다. 그냥 되는 것이 아닌 노력이 필요하고 의지가 필요한 일이라는 것이다.

뭐 이렇게까지. 쉼이 뭐라도 되는 양. 내 맘의 목소리를 따라 계속 물고 늘어지고 있는 이 글의 의지적 질척거림처럼 말이다.

　같은 상황에도 그에 영향을 주는 수많은 요소들로 우리는 다른 행동과 의사결정을 한다. 그리고 그것은 쉼에 있어서도 마찬가지이다.

　피곤해서 쉬고
　VS. 피곤하지만 할 일이 있어서 쉴 수 없고

　혼자 있어야 푹 쉬는 느낌이 들고
　VS. 혼자 있으면 왠지 외로워서 맘 편히 쉴 수가 없고

　큰 프로젝트가 끝난 보상으로 쉬고
　VS. 물 들어올 때 노 저어야 하는 법이라 쉬지 않는다

　같은 신체적 컨디션임에도 상황이 달라서 혹은 같은 상황임에도 성향, 마인드 혹은 생각이 달라서 우리는 다른 선택을 한다. 그리고 실제 우리 삶에서는 이보다 더 복잡하고 많은 요소들이 동시에 쉼의 행위와 관련된 결과값에 영향을 준다. 이것이 누군가가 제시한 방법이 좋은 정보나 깨달음이

될 수 있지만 나에게 맞는 정답은 아닐 수도 있다는 것을 항상 염두에 두어야 하는 이유이다.

그럼에도 불구하고 누구에게나 옳은 사실 한 가지는 '인간에게는 쉼이 필요하다'는 것이다.

우리가 이런저런 이유들로 미루고 간과하다가 결국 후회하게 되는 것이 쉼이 아닌가. 일을 잘하기 위해서, 사람 노릇하고 살기 위해서만 멘탈을 잡을 것이 아니라 잘 쉬기 위해서도 단단한 정신력이 필요하다.

내 삶이 내가 정한 목표에 그리고 기준들에 부합하지 않는다고 자신을 끝없이 몰아세우며 먹는 시간도 줄이고 잠도 제대로 자지 못하는 하루하루를 사는 사람에게 쉼을 이야기하는 것이 얼마나 들리지 않는 이야기인지 깨닫게 된 경험이 있다. 쉼 없이 나를 혹사시키는 것이 내 수명을 갉아먹는다고 할지라도 그렇게 사는 것이 목표를 달성하는 데 도움이 된다면 조금 덜 살아도 괜찮다는 이야기에 안쓰러움이 밀려왔다. 그리 말하는 마음이 어떤 마음인지도 알겠고 누구를 탓해야 할지 모르겠는 녹록치 않는 세상살이에 쉼 따위는 생각할 수도 없는 어쩔 수 없는 상황들이 마음이 아팠고 답답

했다.

여기서 이야기하고자 하는 정신력 혹은 멘탈은 '그 모든 상황에도 불구하고 그래도 난 쉬어야 한다'라고 생각하는 것을 말하고 있지 않다. 그보다는 찰나의 호흡도 쉼으로 만들 수 있는 긍정적인 마음에 가깝다. 잠시 호흡을 가다듬으며 창조된 그대로 내 안의 잠재력을 믿어 주어 좋은 에너지를 잃지 않으면, 그러면 나를 세상으로 다시 밀어냈을 때 내가 만나는 세상에서도 호의를 느끼게 될 것이다.

"우리의 마음은 눈에 띄지 않는 곳에서 최고 성능을 발휘한다. 생산적 사고를 위한 기본 원칙은 문제 안으로 깊이 몰입한 다음 잠시 잊는 것이다. 긴장을 풀어라. 몽상하라. 햇빛을 받으며 산책하라. 무의식이 마술을 부리는 데 필요한 시간을 허락해야 한다. 그러니까 단번에 성공하지 못한다면 그냥 휴식을 취하라."

— 팀 허슨, 『탁월한 생각은 어떻게 만들어지는가』

차례

Chapter 1 무지이 있는 슬립 디자인

드디어,
쉼표

●

쉼표를 찍을 결심

　에너지를 바닥까지 끌어 쓰고 삶의 성취들에게 느끼는 감격마저 무뎌져 버리기 전에, 가치 있는 삶을 위해 힘을 내고자 하는 마음이 모두 사라져 버리기 전에 우리에게는 쉼이라는 안전장치가 필요하다. 살아 있음을 느끼며 누리고 싶은 마음. 유연한 삶의 말랑함을 음미하고 해방감을 내게 필요한 것으로 온전히 받아들여 만끽할 수 있는 용기. 쉼은 우리에게 그런 것들을 주고자 하는지도 모른다.

　"왜 안 쉬어?"

질문을 받고 나서야 쉬지 않는 이유, 쉴 수 없는 이유를 생각해 본다. 요 며칠 잠이 부족해서 피곤한 상황임에도 쉽사리 긴장을 놓지 못하고 해야 할 일이 없는지 두리번거린다. 중요한 일, 급한 일, 급하지 않지만 중요한 일, 중요하지 않지만 급한 일 모두 있으니까라는 이유를 대충 찾아서 갖다 붙이고는 불현듯 '이렇게 사는 것이 맞나?'라는 생각이 든다. 일과 쉼에 대한 나의 태도가 달라지지 않는 한 지금도 시간이 흐르고 난 후에도 상황은 크게 다르지 않을 텐데 일생을 이렇게 일에 마음이 묶인 채 사는 것이 맞는 것일까. 더 늦기 전에 의식적인 변화를 시도하지 않으면 계속 이렇게 쉼 없는 인생을 살게 될 것이라는 경각심에 불현듯 휩싸인다.

쉬는 것도 쉬어 본 사람이 쉬는 방법을 안다. 제대로 쉬어 본 적도 없이 열심히 살아온 대가가 삶의 여유란 찾아볼 수 없는 일에 파묻힌 지금의 모습이라는 현실을 받아들이는 것은 쉽지 않다. 그 굴레를 벗어나기 위해서는 의식적인 노력이 필요하다는 것도 쉽사리 인정하기 어렵다. '몰라서 못 하는 것이 아니라 아는데 바빠서 못 하고 있을 뿐이다'라는 알량한 자존심을 계속 세우면서 말이다.

쉼이 필요함에도 제대로 쉬는 방법을 알지 못한다는 것을 인식했다면 더 이상 물러날 곳이 없다. 이제는 잘 쉬는 방법을 찾아 쉼의 효과를 확실히 체감하고 제대로 된 쉼을 통해 삶이 어떻게 변화되는지 느껴 보자. 나중에 지나간 후 후회해 봐야 아무 소용없는 것이 인생의 '시간'이기에. 쉼을 알기 전과 후는 분명 다를 테니까.

나를 쉬지 못하게 들들 볶는, 나

성장을 향한 시도와 노력을 잠시 멈추고 쉬려면 핑계가 필요할 것만 같다. 나 자신과 어쩌면 나보다 더 중요해 보이는 남들 눈에도 납득이 될만한 그런 타당한 이유가 있어야 조금이라도 마음 편히 쉴 수 있을 것 같다. 하지만 큰일이 난 것이 아니고서야 쉼의 타당한 이유가 되어 주는 핑계의 유효기간은 그리 길지 않다. 잠시라도 멈추면 결국은 저 뒤로 밀려나 아무 일도 할 수 없게 될 것만 같고 계속 앞으로 나 자신을 떠밀어야 지금 선 자리를 유지라도 할 수 있을 것 같다.

이렇게나 우리를 쉬지 못하게 하는 일과 성장에 대한 강박에 가까워 보이기까지 하는 우리의 생각들은 우리를 꽤나

'열심히' 사는 사람들로 보이게 만들었다. 동아일보와 설문조사 플랫폼 '틸리언프로'가 성인 남녀 1,850명을 대상으로 설문 조사한 결과에서 〈한국과 가장 잘 어울리는 이미지〉에 '역동적이다'(25.8%)보다 '경쟁적이다'(36.5%)의 답변이 더 많았고 그 뒤에 '복잡하다'(17.7%), '피곤하다'(16.3%)는 답변이 이어졌다.

'쉴 줄을 모르는 사람'이라는 말이 칭찬으로 들리는가. 남들이 "그러다가 큰일 나, 쉬엄쉬엄해"라고 하는 말에 시기와 질투가 함께 느껴지는가. 그렇게 느끼게 만드는 우리의 생각들이 우리를 진짜 쉴 줄 모르고 오히려 쉬면 큰일 날 것처럼 느끼게 만드는 데에 일조를 했을 수 있지만 언제나 그렇듯 가장 중요한 것은 내가 내 상태에 대해 정확히 인식하고 있는가이다. 내가 나에게 오랜 시간 씌워 놓은 일과 관련된 인식의 프레임이 나 자신을 제대로 된 쉼에서 멀어지게 만들어 왔다. 여기에 '제대로 된' 쉼이라는 표현을 굳이 사용한 것은 대부분 잠깐의 쉼조차 그 질(quality)이 매우 낮다는 점을 강조한 것이다. 마음은 쫓기는데 현저히 낮아진 집중력으로 일을 할 수 없어서 잠시 멈춘, 몸과 마음이 제대로 충전되지 못하는 단지 일하지 않음(Not-working)의 상태. 딱히 쉼이라 부를 수 없는 그런 시간 죽이기를 우리는 쉼 대신, 마치 쉼인 것처럼 갖는다.

일에 주인의식을 가지고 책임감 있게 임하는 법은 사회에서 직간접적으로 배우며 사회 구성원으로서 역할을 하고 경제 활동도 하지만 내 삶에 주인의식을 갖는 구체적인 방법은 가르쳐 주지 않는다. 내 한계를 뛰어넘고 도전을 거듭해서 한 단계 한 단계 성장해 가기 위한 동기부여에는 투자를 아끼지 않지만, 내 마음과 몸을 돌보는 일은 어디 한 군데 문제가 생긴 후에야 혹은 지인의 건강에 대한 안 좋은 소식을 듣게 된 후에야 관심을 갖게 되는 경우가 허다하다. 하지만 마른 수건을 아무리 센 힘을 주어 짜낸들 물이 나오지 않는 것처럼, 내 안에 에너지가 고갈되었을 때는 뛰어난 성과를 기대하기가 어렵다. '그럼에도 불구하고' 해내는 사람들의 이야기들은 어쩌면 용기를 북돋기보다 마른 수건을 한 번 더 짜내서 수건을 헤지게 만드는 것일지도 모른다.

내 안에 생동감 넘치는 빛깔의 에너지가 넘쳐 나야 이전에 없던 창의적인 성과가 나올 수 있고 나를 그것이 가능한 존재로 만드는 방법 중 하나가 바로 제대로 된 쉼으로 나 자신을 만나는 것이다.

살아가는 의미를 찾고자, 그 의미를 일에서 찾기 위해서 눈을 뜨고 있는 모든 순간에 일 생각을 하고 있지는 않은가? 소중한 사람들과 함께 있을 때도 그 순간에 집중하지 못하고 생각이 다른 곳에 가 있지는 않은가? 한 번에 너무 많은 것들을 동시에 생각하고 생각하는 모든 것이 '해야 할 일'로 돌아와서 쌓이지는 않는가? 이 질문들에 아니라고 답할 수 없다면 일평생 일의 양이 지수함수를 그리며 늘어나기만 할 가능성이 높다. 일은 일을 낳고 또 다른 일과 연결되고 그 연결은 또 일을 낳기 때문이다.

내 마음을 돌보는 것이 배부른 소리일 경우는 없다. 하지만 우린 이뤄 놓은 것이 없고 성실하게 살아낸 시간들이 없으면 쉴 수 없다는 생각을 은연중에 가지고 있는 것만 같다. 그러는 사이 나도 모르게 내 몸과 마음에는 피로감이 쌓이고 또 쌓인다. 그리고 그런 시간이 누적되어 벼랑 끝에 몰리게 되면 쉼표 대신 마침표를 고민하게 된다.

벼랑 끝 마침표를 찍을 때조차 일과 관련된 생각들이 이어지며 마침표를 진짜 찍을지를 고민한다. 다 그만두면 뭐 하지? 아무것도 안 하면 행복할까? 바빴지만 행복했고 가끔 은 성취감에 자존감도 그득하게 들어차 마음 뿌듯했던 기억 들을 떠올린다. 일을 하면서만 느낄 수 있는 그런 카타르시 스를 맛본 적이 없다면 모를까, 아는 맛을 맛보지 않고 살 수 있을까. 이래서 일 뒤에 중독이라는 단어를 붙이는 것 같다 는 생각을 한다.

일과 성취와 성과 같은 단어들에 대한 가치를 끌어내리고자 하는 것은 결코 아니다. 일을 취미처럼 '적당히' 하자는 말도 아니다. 다만 세상의 프레임 속에 갇힌 채 끊임없이 남들의 시 선을 의식하고 그들과 비교하며 일을 놓지 못하는 늪에 빠져 있다면 그만 빠져나와 인간이 삶에서 누릴 수 있는 가치들이 우리 삶 안에서도 존중받는, 그런 삶을 살아 보자는 것이다.

일을 손에서 놓지 못했던
내가 진짜 원하는 것은 무엇이었을까?

없어질까 노심초사 손에서 놓지 못했던 것은 일이 아닌 나 자신이었던 것은 아닐까. 하루도 마음 편할 날 없이 계속해서 다음 또 다음 할 일을 찾아 사회와 조직에서 내가 '존재함'을 확인하고 싶었던 것이 아닐까. 소속으로 나를 설명하든 나의 일로 나를 설명하든, 나의 존재를 있는 그대로 보고자 하던 시간보다 내가 하는 일이나 소속이 내 존재를 설명해 주는 시간들이 길었기에 그것들에서 떼어 놓고 나를 설명할 수 있는 단어를 찾는다는 것이 어려웠는지도 모르겠다. 그렇게 확인하지 않으면 나라는 존재가 바스러져서 흔적을 찾을 수 없는 느낌이 들까 봐 말이다.

목표를 가지고 사회에 존재감을 드러내며 살고자 하는 것은 인간에게는 너무나도 자연스럽고 기본적인 욕구이다. 서울대 심리학과 최인철 교수는 한 연구를 통해 사람은 분명한 목표를 가지고 그것을 이루며 살 때 행복을 느낀다고 말한다. 사회 안에서 성장을 향한 목표를 세우고 이루어 가며 나의 존재 가치를 확인할 때 느끼는 행복은 한 개인의 성장뿐 아니라 인류를 발달시킨 원동력인지도 모른다.

하지만 그것은 인간이 느낄 수 있는 행복의 지극히 일부일 것이다. 내가 진짜 원하는 행복이 무엇인지를 깨닫게 해주는

성찰의 공간이 되어 주고 삶의 구석구석에 써버린 에너지를
다시 회복시키는 쉼, 이제는 그 쉼을 찾아 나설 때이다.

일과 관계
그리고 쉼

●

균형을 위한 저글링

'라이프 밸런스 휠'은 명칭 그대로 우리 삶의 '밸런스'를 점검하기 위한 도구로 쓰인다. 삶의 밸런스를 확인하는 것은 밸런스가 깨져 있는 부분을 인지하고 부족한 부분은 보완해서 삶을 조금 더 건강하게 가꾸기 위한 노력이자 시도이다. 삶의 구석구석을 메타인지를 동원하여 객관적으로 바라보고 점수를 매기다 보면 때로는 내 삶이 어디를 향하고 있었던 것인가 현재 상태를 새삼 자각하게 되고 그동안 관리해 오지 못한 영역들의 개선을 위해 관심을 갖기 시작하는 계기가 되기도 한다.

'라이프 밸런스 휠'에서 다루는 전체 영역을 매번 다 점검하는 것이 어렵다면 '밸런스 휠'을 간소화시켜서라도 내 삶의 밸런스를 잠시 점검해 보자.

일, 관계, 쉼으로 밸런스 점검하기

일은 말 그대로 돈을 벌기 위해 혹은 사회나 우리가 속해 있는 공동체 안에서 가치를 창출하고 기여하기 위해 하는 모든 일들을 포함한다. 그리고 관계의 영역에는 가족을 포함한 일의 영역 안에 있지 않은 관계들 그리고 그들과의 시간과 공간까지도 포함된다. 어떤 사람들에게는 관계 안에 타인과의 관계보다 자기 자신과의 관계, 혼자만의 시간과 공간을 우선하여 포함시킬지도 모르겠다. 어떤 것이든 일에도 포함되지 않고 쉼에도 포함되지 않는 것이라면 관계의 카테고리에 넣어 보기로 하자. 쉼의 영역을 규정짓는 것은 매우 주관적인 기준일 수 있다. 내가 쉼이라고 생각해 온 시간이 있다면 내 의식과 무의식이 쉼으로 느끼는 시간인지, '쉬어도 쉬는 것 같지 않다'는 느낌이 들어 쉼에 높은 점수를 줄 수 없

목적이 있는 쉼 디자인

027

다면 이유가 무엇인지에 대한 생각도 시작해 보자.

삶의 구석구석을 너무 큰 분류로 묶은 경향이 없지 않지만 이것만으로도 최소한 나의 쉼 영역이 무너져 있지는 않은지 잠시 돌아볼 수 있다. 그럼 세 부분을 어떻게 나누어 점수를 주면 좋을지 조금 더 이야기를 나눠 보자.

일 WORK

내가 하고 있는 일들은 언젠간 수익화가 될 예정이거나 이미 수익화가 되고 있는 것들이다. 혹은 수익화할 생각이 없이 나누기 위해, 즉 '가치'를 창출하기 위한 일련의 활동들을 일로 포함시킬 수 있다.

쉼을 이야기하면서 일을 언급하는 이유는 뻔하다. 일이 순탄하게 되어 가고 있지 않으면 일에 대한 생각이 머릿속을 꽉 채워 다른 생각을 할 수도 마음에 여유를 가지고 창의적인 삶을 기대하기도 쉽지 않다. 일이라는 것은 참으로 오묘해서 금전적인 보상만이 일을 하는 이유가 되지는 않는다. 우리는 일을 하면서 정체성을 찾아가기도 잃어가기도 하고, 사회에 기여를 하고 있음에 보람, 자부심을 느끼기도 한다. 일을 하면서 비로소 존재감을 드러내고 있다는 생각을 하기

도 하고 일을 하면서 느끼는 크고 작은 성공 경험들로 성취
감의 카타르시스를 잊지 못해 일을 놓지 못하기도 한다. 이
런 모든 이유로 일이라는 것으로부터 우리 자신을 떼어 놓을
수 없다면 우리는 삶의 밸런스를 위해 일과도 적당한 거리를
유지할 필요가 있다.

관계 Relationship

일도 쉼도 모두 관계와 깊은 연관성이 있다. 관계가 관리
가 되고 건강한 상태이어야 일도 쉼도 가능해진다. 가족과
타인, 개인 성장과 같은 것들이 높은 점수를 받을 만큼 건강
한 상태라고 해도 쉼의 필요성은 여전히 존재한다. 서로에게
영향을 주기에 더욱 따로 떼어 점검하고 관리할 필요가 있는
것이다.

밸런스를 이루는 각 부분이 모두 중요하겠지만 가장 기본
(fundamental)이 되는 것을 꼽으라면 이 '관계'에 속하는 부
분일 것이다. 다른 부분이야 조금 무너지면 보충하면 그만이
지만 관계에 대한 부분은 한번 후회가 생기면 돌이키기 어려
울 때가 많다. 가장 가까운 가족들의 안녕과 그들과의 관계
가 건강해야 일도 쉼도 가능함은 말할 것도 없다. 관계의 부

분이 무너지면 다른 부분들도 도미노처럼 무너지고 만다. 인생의 가장 중요한 순간에 관계의 부분이 받쳐 주지 않으면 성과를 낼 수도 없을 뿐 아니라 성과를 낸다 해도 무의미해져 버리고 만다. 가장 높은 가능성으로 다른 부분들을 희생시키고 챙겨야 할 일이 생기는 것도 관계이고 챙겨야 하는 시기에 챙기지 못하면 나중에 가장 큰 후회를 하게 되는 것도 관계이다. 나를 성장시키고 가족과 서로 마음을 가까이하고 주변을 챙기는 것. 어찌 보면 행복에 가장 가까워지는 지름길이 여기에 있을지 모른다.

쉼 REST

대부분의 사람들이 쉼을 가장 마지막에 챙긴다. 하지만 우선순위에서 밀려나도 한참 뒤로 밀려난다는 것과 쉼을 미루는 것을 긍정적으로 바라보는 시선들마저 많다는 사실에 이제는 경각심을 가져야 할 때가 아닌가 싶다. 몸과 마음에 쉼이 필요하다는 신호들을 감지하게 될 때 우리가 아무 생각 없이 하게 되는 행동들이 나를 회복시키는 쉼이 아니라면 우리는 충전되지 못한 채로 다시 일과 관계로 돌아가게 된다. 그렇게 '소모 - 충전되지 못함'이 반복되면 번아웃이 오는 것을 피할 수 없다. 이것이 우리가 나를 위한 쉼을 반드시 알고 디자인해야 하는 이유이다.

쉼을 간과하면 생기는 일이야 뻔하다. 몸과 마음에 과부하가 온다. 앞서 관계가 가장 기본이라고 이야기했지만 쉼이 건강과 연결된다는 논리를 펴기 시작한다면 쉼의 중요성은 한도 끝도 없이 커진다. 쉼을 제대로 디자인하기 위해서는 '나에게 맞는' 것들이 무엇인지 알아야 한다. 하지만 대부분은 나에게 맞는 것들이 무엇인지 잘 모른다는 것을 알게 되기까지 그리 오랜 시간이 걸리지 않는다. 나에게 맞는 것은 내가 좋아하는 것들과는 또 다른 것일 수 있다. 나에게 맞는 음식, 활동, 시간대 등 지금껏 나에 대해 잘 알고 있다고 생각했다가도 이러한 질문들 앞에 바로 답할 수가 없는 것을 보면 더 이상 안다고만 우길 수가 없게 된다. 삶 안에 일도 관계도 모두 나를 알아 가는 과정이라고 하지만 쉼 또한 마찬가지라는 결론은 가장 반갑기도 살짝은 지루한 듯도 하다. 그럼에도 여전히 틀린 말은 아니니까.

나에게 맞는 것을 찾아보겠다고 시작한 것이 이 책의 시작이 된 '쉼 저널링'이다. 남들이 써놓은 책들에서는 내 얘기를 도통 찾을 수가 없어서. 내 쉼은 내가 찾아야 한다는 결론에 이르렀었다. 쉼에 대한 탐색의 여정으로 '쉼을 쓰다가 삶을 쓰다가 일을 쓰게 되리라'는 예측과 함께 여러분의 쉼을 찾는 여정의 시작을 응원한다.

쉼을
일처럼

🍃

선택이 아니라 필수

'일은 필수이고 쉼은 선택이다'라는 말에 이견이 있을까?
그렇게 살지 않는 사람이 얼마나 될까?

피로가 얼마만큼 쌓였든 당장 처리해야 하는 일을 하지 않
고 쉬겠다고 하는 사람 앞에 우리는 책임감을 운운한다. 일
을 위해서라면 쉼쯤은 얼마든지 양보할 수 있어야 프로라는
말을 듣는다. 쉬다가도 급한 일이 생기면 일로 즉시 복귀하
는 사람과 일하는 것을 선호한다. 일 때문에 피로를 호소하
는 워크홀릭들이 왠지 멋있어 보이고 쉼에게 좀처럼 틈을 내

주지 않는 압도적인 일의 양이 그 사람의 능력치를 대변해 주는 것만 같다. 그렇듯 우리는 쉼보다는 일에 호의적이다. 그렇기에 빠르게 성장해 올 수 있었던 것은 맞지만 그래서 여유를 가지고 주변을 돌아보며 천천히 성장하는 법을 배울 기회는 적었다. 그리고 그런 성장 중심적 사고가 자연이 훼손되고 환경이 더럽혀지고 우리의 몸과 마음이 지쳐 가는 것을 돌보지 못한 결과로 이어졌다.

　지금 이 책에서만큼은 쉼의 편에서 이야기를 해보려 한다. 쉼은 선택이 아니라 필수라고. 반드시 지켜야 하는 기한을 가진 일처럼 쉼의 시간도 그렇게 지켜져야 한다고 말이다. 하던 일을 다 마치지도 않은 채 중간에 내던지고 쿨하게 쉼을 위해 떠나라는 말이 아니다. 쉼을 최대한 지켜 낼 수 있는 형태로 디자인하자는 이야기이다. 때로는 일의 속도를 늦추고 쉼의 시간을 갖는 것도 괜찮다는 인식이 용인되는 분위기가 퍼져 나가면 좋겠다는 의도이다. 잠시 여유가 생겨 무엇을 해야 할지 모르겠는 상황에, 이해되지 않는 이상한 관성으로 일을 잡지 말고 내 영과 육에 유익한 쉼의 시간을 가질 수 있도록 나에게 맞는 쉼이 무엇인지 '알자'는 이야기이다.

다시 한 번, 쉼은 선택이 아니라 필수이다. 그것도 우리가 아주 정성껏 챙겨야 하는 무언가이다. 인생 전체가 뻣뻣해지지 않도록 마디마디 정성껏 기름칠 해주듯이 인생 전체를 관리하고 가꾸는 일이다. 쉼과 일과 삶이 선순환을 그리기 위해서 해야 하는 일이 그동안 우선순위에서 밀려났던 쉼의 중요성을 인식하는 행위인 것이다. 쉼표 코칭으로 고객들을 만나다 보면 '일, 관계, 쉼의 밸런스 휠'에서 쉼에 관련된 점수가 가장 낮은 경우가 많다. 쉼의 양과 질 중에서도 질의 측면에서 그 점수가 현저히 떨어진다고 이야기하곤 한다. 그리고 제대로 쉬고 있지 못하는 상황을 인지하는 순간 잠시 정적이 흐른다. 마음조차 제대로 쉬지 못하고 애쓰고 있는 자신에 대한 안쓰러움이 밀려오는 것이리라. 나만 돌볼 수 있는 내 마음에 대한 미안함에 눈물을 보이는 분들도 있다. 우리의 몸뿐 아니라 마음을 돌보는 시간이 되는 그토록 중요한 쉼과 서먹한 관계가 되지 않도록 쉼과 친해지려는 시도를 우리는 끊임없이 해야 한다.

지금 시대에는 쉼을 잘 챙기는 사람이 진정한 프로페셔널이다. 쉼도 자기 관리의 영역인 것이다. 자기 관리가 중요한 이유는 그것이 일의 성과에 영향을 주기 때문이다. 일의 속도보다 창의성과 협업 능력이 강조되는 시대의 쉼의 질은 일의 성과를 좌우할 수밖에 없다. 쉼으로 뇌에 활성산소를 공급해 주어 뇌의 기능을 올려 주고 마음에 여유를 가질 수 있어야 나 스스로뿐 아니라 다른 사람을 대할 때도 조금 더 여유 있는 태도를 가질 수 있기 때문이다.

일의 쉼의 공통점 : 멀리하기엔 너무 가까운

일과 쉼은 한 번에 둘 중 하나밖에 할 수가 없다. 일하는 순간에는 쉬고 있다고 말할 수 없고 쉬고 있는 순간에는 일하고 있다고 말할 수 없다. 코로나로 한 공간에 모여서 일을 하는 것이 어려워진 시기를 틈타 한동안 워케이션(Workation)이라는 것이 전 세계적으로 붐이 일어 그것을 할 수 없는 사람들의 부러움을 샀다. 일을 쉼처럼 휴가지에서 할 수 있다는 것이 사람들이 동경했던 포인트였다. 하지만 워케이션은 일을 해야 하는 시간에 그 공간만큼은 휴가지일 때 의미가 있는 것이지 휴가를 떠나야 할 순간에 일을 들고 가도 좋다는 것을 의미하는 것은 아니다. 일과 쉼이 일정 부분 겹쳐지는 것이 사람들에게 센세이셔널하다는 느낌을 주고 환호를 받을 만큼 그 두 가지는 좀처럼 섞일 수 없는 것들이었다. 어쩌면 섞는다는 표현보다 일과 쉼의 전환을 빠르게 할 수 있는 환경적 세팅이 더 맞는 표현인지도 모르겠다.

워케이션 이전부터 유행하던 개념이 있었으니 디지털 노마드라는 것이다. 지금은 스페인, 그리스, 말레이시아 등 유럽과 동남아 등지뿐 아니라 2023년에는 일본, 2024년 1월 1일부터는 한국도 시범적으로 취업비자 없이 거주할 수 있도록 해주는 디지털 노마드 비자(해당 국가 밖에서 벌어들인 수입증빙 필요)라는 것이 생길 정도로 그 인구수가 많아졌다. 워케이션과 디지털 노마드 두 단어를 혼용해서 사용하기도 하지만 그 둘의 차이점을 굳이 살펴보자면 디지털 노마드는 소속이 정해져 있지 않은 상태를 대개는 의미하고, 워케이션은 전부는 아니지만 많은 경우 기업이나 조직에 소속이 되어 있음에도 불구하고 디지털 노마드와 같이 장소를 이동해서 일을 할 수 있다는 점이다. 자유를 누리는 환경에서 돈을 벌 수 있다는 부분이 사람들이 반기는 포인트였다. 이러한 개념들은 일과 쉼을 어떻게든 섞어 보려는 시도를 통해 일을 하면서도 쉼을 갈망하는 욕구를 읽을 수 있는 트렌드들이다. 동시에 둘을 모두 원하는 인간의 복잡하고 아이러니한 속내를 말이다. 일에 대한 집중도 측면에 있어서의 워케이션의 한계 때문인지 최근에는 워케이션에 대한 관심도가 조금 떨어진 것을 볼 수 있다(구글 트렌드 'Workation'). 하지만 2020년 이래로 전체적인 추세는 여전히 우상향이다. 이미 들추어진 쉼에 대한 욕구를 아예 사그라지게 할 수는 없지 않을까 싶다.

필요가 먼저인지 욕구가 먼저인지 분간이 쉽지는 않지만 쉼과 일 둘 다 인간에게 꼭 존재해야 한다는 것은 분명하다. 우리는 일을 하면서 나를 발견하고 또 쉬면서 나를 알아 간다. 내가 무엇을 잘하는지를 알게 하는 발견은 나 스스로의 가치를 높여 주는 느낌이 들게 하고 내가 무엇을 좋아하는지 알게 하는 쉼의 시간은 깊은 곳에 숨겨진 나를 만나게 한다. 일과 쉼 모두, 오랫동안 떠나면 그에 대한 목마름이 커져 간다. 살기 위해서, 살고 있다는 느낌을 생생하게 느끼기 위해서는 그 둘 모두 반드시 있어야 하는 것이다. 내 머릿속을 일로 꽉 채워 온몸이 뜨거워지는 경험도 살면서 꼭 해봐야 하고 머릿속을 텅 비워 무의식에 잠자던 나도 꼭 만나 봐야 한다.

　일도 쉼도 그 무엇 하나 덜 필요하고 덜 중요한 것이 아니기에, 둘 간의 균형은 불가피하다. 일에 대한 정성에 견줄 만큼 정성스럽게 찾은 쉼을 무엇이라 부르든 그 시간을 통해 삶은 짙어지고 다채로워진다.

일잘러의 쉼,
그 매력

●

꼴찌가 말하는 쉼은 매력 없지

큰 프로젝트 하나를 멋지게 끝내 놓고는 오래전부터 계획해
둔 여행길에 오른다. 짐이 여행을 힘들게 하지 않을 정도로 간
소하게 짐을 싸고 출발한다. 출발하는 자동차 안에서 그동안
에 긴장이 풀리는 듯 눈이 감긴다. 배고프면 먹고 잠이 오면
자고 깨어 있을 때는 풍경을 본다. 발길이 닿는 곳에서 먹고
책방 한 곳을 들러 평소에는 들춰 보지 않던 카테고리의 책들
을 들춰 본다. 평소 읽고 쓰는 것을 좋아하지만 쉴 때만큼은
그 또한 내키는 대로. 그 순간들을 기록으로 남겨야겠다는 마
음도 웬만해서는 들지 않는다. 그냥 그렇게 땡땡하게 바람이

차 있던 풍선이 느슨해지도록 바람이 빠지듯, 눈을 감고 들숨
보다 날숨을 길게 또 길게 내쉰다.

— 기억 속에 쉼으로 남아 있는 어느 여행에서

그때의 여행이 쉼으로 기억되는 이유는 여러 가지가 있을
것이다. 열심히 일한 후에 후련한 마음으로 떠난 여행이었다
는 점. 그리고 여정이 의도적으로 힘들지 않게 계획이 되었
다는 점. 쌓인 피로로 피곤함이 느껴질 때는 충분히 휴식을
취했다는 점. 이렇게 다녀온 여행은 여행 후의 여독도 그리
진하지 않다.

한동안 성과 없이 정체되어 있는 듯한 삶을 사는 사람에
게도 쉼에 대한 이야기는 위로와 깨달음을 준다. 잠시 쉬어
마땅한 휴식기가 제대로 된 쉼이 되고 있는 것인지. '무엇이
라도 해야 하는데…'라는 마음의 부담을 항상 안고 있는 것
은 아닌지. '그동안 열심히 살아왔으니 지금은 쉬어도 돼'라
는 말이라도 듣게 되면 마음이 턱 내려앉는다. 쉼이라는 것
이 열심히 일한 후에 '아 이제 쉬어야겠다'의 뉘앙스를 내포
한다는 생각을 일반적으로 가지고 있기 때문일까? 쉼에는

항상 그럴 만한 명분이 있어야 한다는 생각을 한다. 베짱이의 쉼 이야기는 설득력도 없고 매력도 없다는 생각을 말이다. 쉬면서 취미로 한 것이 일이 된 이야기면 또 모를까 반전 없이 그저 잘 쉬는 이야기에는 좀처럼 호기심이 생기지 않는다.

반대로 열심히 살고 있는 사람이 말하는 열심히 일하고 성과를 내는 법에 대한 이야기는 많은 사람들에게 자극을 준다. 그리고 그들의 쉼에 대한 이야기도 덩달아 궁금해진다. 그들은 쉼에도 성과를 내는 데 도움이 되는 무언가 특별한 비법이 숨겨져 있을 것만 같다.

이것은 '쉼을 누리고 싶은 자 먼저 입에서 단내가 나도록 열심히 일하라'는 이야기라기보다 밸런스 안에도 순서가 있음을 의미하는 것일 수 있다. '목적이 있는 쉼 디자인'이라는 생각의 발단도 이에서 멀리 떨어져 있지 않다. "그냥 쉬어도 돼", "무엇인가를 꼭 이루지 않아도 돼", "너는 너 자체로 소중해"라는 말로 받는 위로는 틀린 말이 아님에도 불구하고 그 안도감의 유효기간이 너무 짧고, 근거와 알맹이가 없는 자아 사랑은 작은 외압에도 쉽게 부서질 수 있으니 말이다.

뿐만 아니라 그런 위로의 말만으로는 자아실현의 욕구에 대한 궁극적인 목마름의 해갈도 어렵다. 그래서 우리에게는 쉼의 목적이 필요한 것이다.

목표를 더 탁월하게 달성하게 하기 위한 쉼
영혼의 회복을 위한 쉼
존재 자체로 빛나게 하기 위한 쉼

이렇게 인간은 별것 아닌 듯한 쉼 하나에도 성장의 의미를 담고 긍정을 담고 가능성을 담았을 때 더 활력이 느껴지는 존재다. 그래서일까. 우리의 쉼은 쉼만 따로 떨어져 있을 때보다 쉼이 지금과 미래의 삶을 지탱하고, 또 일을 지탱하고 있을 때 그 의미가 더 빛을 발한다.

쉼이 필요한 순간, 타이밍이 전략이다

일잘러의 쉼은 타이밍이다. 우리의 몸과 마음은 쉼이 필요한 때를 반드시 알려 준다. 피로와 두통, 근육통 등의 신체적

증상뿐 아니라 스트레스 불안 무기력 등 감정적으로도 쉼이 필요한 상태라는 것을 알린다. 혹은 업무효율이 갑자기 떨어진다거나 인내력이 감소하고 대인관계에서 갈등을 겪는다면 내가 지금 에너지가 고갈되고 있는 것은 아닌지 살펴보아야 한다. 자기 관리를 잘 하는 사람일수록 이러한 몸과 마음에서 보내는 신호들을 놓치지 않고 민감하게 캐치해서 상황에 맞게 쉼을 배치할 수 있다. 그것이 컨디션 관리뿐 아니라 성과를 관리하는 데 중요한 요인이 될 수 있기 때문이다.

일을 하면서도 스트레스를 받을 때 그것을 인식하고 어깨의 긴장을 풀고 호흡을 가다듬는다거나 명상, 낮잠 등의 짧은 쉼으로 에너지가 급격히 소진되는 것을 예방할 수 있다. 물론 짧은 쉼만으로는 충분한 회복이 되기는 어렵겠지만 잠깐의 여유로 스트레스 관리를 할 수 있다는 점과 잠시 치열한 일의 한가운데서 빠져나와 바로 전까지의 스트레스 상황을 관조해 볼 수 있다는 것은 큰 이점이 된다.

쉼을 활용할 줄 알게 된다는 것은 시간을 내 편으로 만드는 일과도 같다. 같은 목적지를 향해 가더라도 쉼 없이 처음

정한 방향이라고 '생각하는' 쪽으로 열심히 내달리기만 하는 사람과 가끔은 떨어져 나와 에너지를 비축하며 가고자 하는 방향을 다시금 점검해 보는 사람 중 어떤 사람이 더 정확히 본인이 원했던 결과를 얻을 수 있을까. 우리가 살면서 지향하는 방향은 한번 정한 후에도 계속해서 조금씩 변한다. 변해 가는 세상의 요구와 니즈와 기준에 따라서 나의 지향점이 덩달아 매번 변하지는 않지만 변하는 것들을 앞에 두고 내 목표를 직시 했을때 내 목표 본래의 의미와 색깔이 더 분명하게 정리가 되기도 한다. 또 때로는 세상의 변화를 받아들여 원래의 목표와 융합해서 처음에는 생각하지 못했던 새로운 시도들을 떠올리게 되기도 한다.

그렇게 내가 성장해 가면서 내 목표도 같이 성장해 간다. 쉼은 현재와 동시에 변화될 미래에 있는 목표에 대해 생각할 수 있는 시간을 준다. 또 쉼을 통해 내가 어떤 사람인지 알아가는 것은 우리의 지향점을 그리는 데에 영향을 준다. 그러한 시간들이 모여 목표를 뚜렷하게 할수록 내가 나아가야 하는 한 걸음 한 걸음이 구체화되고 쌓아 가는 성과들이 더 의미가 있어진다.

잘하고 싶은 일이
있다면

쉼으로 기초체력 키우기

잘하고 싶은 일이 생겼을 때 우리는 흔히 그 일에 집중하고 몰두한다. 자원과 시간과 에너지를 오롯이 쏟기에 '영혼을 갈아 넣는다'는 표현을 쓰기도 한다. 그런데 이 표현의 뉘앙스에는 체력과 에너지를 고갈시킨다는 의미가 담겨 있는 듯이 느껴진다. 짧은 기간 내에 끝나는 일이라면 잠깐은 몇 날 밤을 새우더라도 일의 완성도를 높이기 위해 집중하고 몰입하는 것은 나쁠 것이 없어 보인다. 하지만 그런 일이 단기간에 끝나는 일이 아니고 대부분의 경우처럼 일이 또 다른 일로 이어질 가능성이 높다면, 혹은 처음부터 긴 시간 긴 호흡으로 끌고 가야 하는 일이었다면 나에게 그것을 감당할 수 있는 기초체력이 있는지가 우리의 장기적인 성과의 성패를 가를 만큼 중요한 요소가 되어 버린다.

게다가 사실 단 한 번의 성공으로는 나 자신의 역량에 대한 확신을 갖기 어렵고 성장의 충분한 밑거름이 되기도 어렵다. 연속적으로 성공을 반복해야 우리의 목표에 도달할 만큼의 성장을 이룰 수가 있게 된다. 그렇다면 우리의 일들을 긴 호흡 안에서 연결성 있게 바라보아야 하고 그렇기 때문에 그 긴 여정을 소화할 수 있는 기초체력이 반드시 필요한 것이다.

운동선수들은 훈련을 할 때 본인들의 주종목을 잘하기 위한 기초체력을 키우는 데 많은 시간을 할애한다. 좋은 성과를 내기 위함이기도 하지만 부상을 예방하고자 기초체력 운동과 체력관리 그리고 멘탈관리까지도 빼놓지 않는다. 훌륭한 선수일수록 철저한 자기 관리를 통해 좋은 컨디션을 유지하는 데에 신경을 쓴다. 축구선수 손흥민은 2023년 2월 싱가포르 매체 '어거스트 맨'과의 인터뷰에서 체력과 몸 관리

비법에 대해 "신체 건강을 위해 식단뿐 아니라 수면도 중요하다. 9~10시간씩 수면을 취한다"라고 말했다. 신체를 단련시키는 것만이 아니라 충분한 쉼에 대한 언급을 했다는 것이 눈길을 끈다.

우리도 마찬가지이다. 잘하고 싶은 일이 있다면 그 일을 잘할 수 있는 기초체력이 있어야 한다. 여기서의 기초체력은 신체적인 컨디션만을 이야기하는 것은 아니다. 하나의 일을 통해 세상을 바라보는 넓은 시야와 그 안에서의 자기 자신의 역할을 조망하며 한계를 뛰어넘는 목표를 수립할 수 있는 메타인지적 대담함, 그리고 그 모든 것을 가능하게 하는 높은 자기 효능감이 필요할 것이다. 하지만 그 모든 것 이전에 내 안에 에너지가 고갈되어 번아웃된 상태가 되지 않도록 나 자신을 돌보아야 한다. 핸드폰 배터리도 조금이라도 남아 있을 때 충전을 하면 금방 충전이 되지만 제때 충전을 하지 않아서 아예 방전이 되어 꺼져 버리면 한참 충전을 해야 전원이라도 다시 켤 수 있게 된다. 우리도 마찬가지이다. 아예 방전이 되어 번아웃이 되어 버리면 몸도 마음도 다시 움직일 수 있는 상태가 되기까지 많은 시간과 애씀이 필요하게 된다.

그러니 되도록 번아웃이 오기 전에 삶의 곳곳에 나만의 쉼을 배치해 보자. 그것이 시간을 구분하여 나만의 시간을 갖는 것이든, 잘 자고 잘 먹고 운동하는 등 살아가는 데 가장 기본적이라고 여겨지는 일상적이고 평범한 형태로든, 어떻게든 쉼의 필요성을 인지하고 그 시간들을 다채롭게 활용하고자 하는 시도가 필요하다.

한발 더 나아가서 그 쉼의 시간을 통해 진정한 자아를 발견할 수 있다면 금상첨화, 더할 나위 없다. 일을 통해서 발견하는 나의 참모습은 말할 것도 없이 멋지다. 뜨거운 마음과 차가운 두뇌로 때로는 종횡무진, 때로는 집요하게 디테일을 챙기고 있노라면, 어깨도 으쓱해지고 자존감은 절로 올라간다. 하지만 쉼을 통해 만나는 나는 그보다 백배 천배는 더 매력적이다. 내 안에 존재하는 무궁무진하게 넓은 세계를 사진을 찍듯 한 장면씩 찍어 조합하고 면밀히 들여다보고 직접 마주해서 만나는 순간의 짜릿함. 쉼이 달콤하게 느껴지기 시작했다면 그 순간부터가 진정한 성장의 출발선에 나를 세운 것이라 할 수 있을 것이다.

결과적으로 쉼을 잘 활용하는 사람이 탁월한 성과를 낼 수 있다. 쉼 안에서 자신이 원하는 삶의 모습을 분명하게 그려 본 사람이 인생의 방향과 일의 방향을 일치(align)시켜서 일에 열정을 더해 시너지를 높여 갈 수 있음은 말할 것도 없다. 쉼을 지혜롭게 누릴 수 있는 사람이 길게 간다. 끝까지 살아남는 사람이 이기는 사람이다. 시간은 흐르고 영원한 것은 아무것도 없다. 내가 인생에서 이루고자 했던 것은 결국 무엇이었는지 아는 것이 진정한 성공에 이르는 지름길인 것이다. 내가 내 인생을 통해서 이루고자 하는 것이 무엇이었는지 알기 위해서 나를 만나는 시간이 필요하다. 쉼은 그런 시간을 내 손에 쥐어 줄 것이다. 그런 시간을 가능하게 해주는 쉼을 나 자신을 위해 디자인해 보자.

'개구리가 움츠리는 뜻은 멀리 뛰자는 뜻이다'는 속담이 있다. 멀리 뛰기 위해서는 주저앉아 움츠리는 준비과정이 필요하다는 의미이다. 이와 마찬가지로 쉼은 마냥 주저앉는 것을 뜻하지 않는다. 주저앉아 버리게 될까 염려하는 마음에 쉼을 멀리할 필요도 없고 쉰다는 핑계로 언제까지나 마냥 주저앉아 있는 것 또한 쉼의 취지와 맞지 않다는 뜻이다. 쉼은 멀리 뛰기 위한 자기 관리이고 준비인 것이다.

탁월해지고자 하는가? 그렇다면 내 일에 대한 역량과 더불어 진정한 쉼에 대한 나만의 생각들을 정리해 보자. 오감을 유혹하지만 몸에는 좋지 않은 자극적인 음식과 같은 쉼이 아니라 '먹으면 먹을수록 재료의 참맛을 알게 하고, 몸에도 좋은 보양식과 같은 쉼'처럼 말이다. 아끼는 사람에게 적극적으로 소개해 줄 수 있는 건강한 쉼을, 차분히 평생을 걸쳐서 하나씩 찾아 나가 보자.

탁월함을 향하는
쉼

●

쉼의 5가지 요소

쉼이라고 다 같은 쉼이 아니다. 내 에너지의 원천이 되고 창의성의 마중물이 되는 쉼이 있는가 하면 쉬어도 쉰 것 같지 않은 쉼이 있다. 우리가 쉼이 필요하다고 느끼는 순간에 우리가 바라는 쉼은 창의성의 마중물까지는 아니더라도 에너지 고갈 상태에서 벗어나 충전이 되는 것인데 우리가 무의식적으로 쉼을 위해 하는 행동들은 내 남은 체력을 마저 갉아먹거나 정신 상태를 더 나락으로 빠뜨리고 마는 경우들이 종종 있다. 대표적으로 몸과 마음이 지쳐 있는 상태에서 접하게 되는 SNS는 비교와 열등감과 조바심의 구렁텅이로 나를 밀어 넣기 딱 좋다. 스트레스 해소를 이유로 찾는 술이나 야식도 마찬가지이다. 나를 회복시키기는커녕 몸과 마음을 더 피곤하게 만들곤 한다.

탁월함을 향하는 쉼은 회복이 있는 쉼이다. 내 본래 모습을 회복한다면 우리는 탁월함으로 나아갈 수 있다. 세상과 다른 사람들을 향한 그리고 나 자신을 향한 왜곡된 인식이 우리의 창의적인 생각을 방해하고 용기를 내지 못하도록 발목을 잡고 있는 경우가 허다하기 때문이다.

내 쉼이 탁월함을 향하는 회복이 있는 쉼인지 다음 질문들로 한번 점검해 보자. 아직까지 나만의 쉼의 방법을 딱히 알지 못한다면 나만의 쉼을 찾아가는 기준을 다음의 질문들로 세워 갈 수 있을 것이다.

내 쉼은,

1. 긍정적 시즈닝 : 전에도 후에도 긍정적인 영향을 주는가?

김창욱 교수가 한 강연에서 숨구멍인지 아닌지 확인하는 방법은 하고 난 후에 기분이 좋아지는가를 생각해 보는 것이라고 이야기 한적이 있다. 음식도 비슷하다. 대체로 먹고 난 후에 기분도 위도 편안한 음식이 우리 몸에 좋은 음식이다. 입은 잠시 즐겁지만 먹고 난 후에 꼭 몸이 고생을 하게 되는 음식은 분명 우리 몸에 좋지 않은 음식이라는 것을, 우리는 알면서도 그저 '좋아 한다'는 이유로 먹는다. 우리 스스로에게 미치는 영향이 긍정적인지 부정적인지 아는 방법 중 한 가지가 기분, 감정임은 맞다. 하지만 앞서 언급한 김창욱 교수의 말처럼 전보다 더 중요한 판단기준이 후의 기분과 감정이다. 책을 읽는 것 또한 어떤 책을 읽느냐에 따라 쉼이 되기도 하고 몇 날 며칠 찝찝한 기분이 드는 감정의 올무가 되기도 한다. 내 쉼은 전과 후에 어떤 느낌을 주고 있는가?

2. 아하 모먼트 : 성찰과 깨달음이 있는가?

쉼에 성찰과 깨달음을 가져다 붙이다니 제정신인가. 놀 때도 일을 하자는 말과 같지 않은가 말이다. 하지만 의외로 이상적인 쉼의 시간을 갖고 있을 때 지난 시간을 돌아보고 깨달음을 얻는 경험을 우리는 종종 하게 된다. 내가 일에 파묻혀 있을 때나 여유 따위는 한 톨도 없이 내 시간과 정신이 온통 '해야만 하는 일'에 매몰되어 있을 때에는 나 자신을 건강하게 돌아볼 여유 따위는 없다. 관계에서도 포용이 슬슬 버거워지고 누군가 내 마음도 알아줬으면 기대나 욕구만 더 강해지니 말이다. 중요한 의사결정을 해야 할 때는 심지어 날카롭고 예민해지기까지 한다. 쉼이 지금의 상황과 그 안의 나를 한 발자국 뒤로 물러나 바라볼 수 있는 시간과 공간을 주고 우리를 성장시킬 수 있다 말하는 이유가 여기에 있다.

3. 전 방위적 편안함 : 몸과 마음이 동시에 편안하게 이완되는 것을 느끼는가?

쉼은 수축보다 이완의 뉘앙스를 담고 있는 단어이다. 나도 모르게 한곳으로 뭉쳐 있던 근육과 신경을 풀어 몸과 마음이 편안한 상태가 되도록 한다. 너무 오래 굳어져 있던 긴장과 자세를 한 번에 풀어내는 것은 쉽지 않겠으나 먼저는 이곳저곳에 굳은 근육으로 살면서 받았던 스트레스와 긴장들이 단단히 뭉쳐져 있다는 것을 인지하는 것이 필요하다. 일단 알게 되면 그것을 풀어내고자 하는 시도와 노력은 자연스럽게 따라온다.

쉼은 편안해야 한다. 그리고 편안하려면 어색하지 않은 '내 것'이어야 한다. 나에게 맞는 쉼이 무엇인지에 대한 탐색

없이 누군가의 쉼을 그냥 따라한다면 그것이 나에게는 맞지 않는 옷을 입은 듯 편하지 않은 쉼일 수 있다.

4. 에너지 파동 : 나와 주변의 에너지를 올려 주는가?

쉼의 시간을 갖고 난 후 충전이 되고 다른 일을 해나갈 기운이 나는가? 아니면 더욱 피곤해지는가? 여행도 모든 여행이 같지 않다. 어떤 여행은 매 시간 편안하고 다녀와서도 크게 피곤하지 않고 오히려 여행하며 쌓은 추억들이 살아가는 데 힘이 되는가 하면 어떤 여행은 다녀와서 진한 여독에 한바탕 앓고는 한다. 어떤 만남은 위로가 되고 기분전환이 되는가 하면 또 어떤 만남에는 만남 후에 기가 빨린다는 표현을 쓰기도 한다. 쉼다운 쉼 후에 우리는 회복이 되고 에너지를 얻는다. 그러고 보면 쉼이 진짜 쉼이 되게 하려면 나의 마음 상태나 상황 등에 대한 매우 섬세한 조건이 필요해 보인다.

5. 새로운 생각 공간 : 새로운 아이디어를 샘솟게 하는가?

새로운 공간을 만드는 방법은 첫 번째로 비우기이다. 짐으로 꽉 들어찬 좁은 공간에 들어가면 편안하다는 느낌을 받기 힘들다. 일단은 먼저 쓰지 않고 오래 묵혀 두던 물건들을 비워 내고 다리를 뻗을 공간을 만드는 것이 필요하다. 공간 안에 눈이 닿는 곳곳에 짐이 쌓여 있는 것보다는 최소한의 물건들만 정돈되어 있을 때 마음도 정돈되는 것은 말할 것도 없다. 마찬가지로 머릿속의 묵은 생각들을 비워 내야 비로소 쉴 수 있는 마음의 공간이 생겨난다. 비워 내고 난 후에 창조적인 몰입의 시간을 쉼으로 갖고 나면 쉼 후에도 새로운 아이디어들이 떠오르는 것을 경험할 수 있다.

탁월해지기 위해 가장 먼저 하는 일은 목표에 도달하기 위한 역량을 개발하는 것이다. 그리고 우리가 이해하는 역량이라는 것은 일을 잘하는 능력을 이야기하는 경우가 많다. 하지만 나의 쉼을 관리하는 것 또한 자기 관리에 포함되는 매우 중요한 역량에 해당이 된다. 쉼의 방법이 탄탄하지 않으면 멀리 갈 수가 없다. 멀리는커녕 한 발자국도 나아갈 수가 없게 되는 순간이 찾아오게 될지도 모른다. 그러니 멀리 가 목적지까지 다다르기 위해서, 더 늦기 전에 나의 쉼의 방법을 찾아 쉼과 동행하자. 쉼을 통해 더 깊은 성찰로 더 탁월한 성과를 경험하게 될 것이다.

Chapter 2 잠을 방해하는 것들

게으름이라는
프레임

,

   게으름과 쉼은 다르다. 하지만 이렇게도 다른 두 개념이
서로를 방해한다.

'게으름'이라는 개념이 쉼을 방해하는 이유가 무엇인가?

   '게으름'이라는 단어는 긍정보다는 부정의 의미를 담고 있
다. 게으르면 어떤 결과를 초래할 것이라 여겨지는가? 게으
름은 목표한 것을 이루지 못하게 방해하는 요소가 될 수 있
다는 생각을 우리는 가지고 있다. 목표를 성취하고 예전과
다른 삶을 살기 위해서는 매일 계획한 것을 성실히 해내야만

하는데 일반적으로 우리는 게으름은 성실함의 반대편에 있는 개념이라고 생각하기 때문이다. 어찌 보면 해야 할 것들을 하지 않고 시간을 그냥 흘려보내는 생산적이지 못한 상태를 게으름으로 정의했던 것에서부터 문제는 시작되었는지도 모른다.

표준국어대사전에 따르면 게으름은 '행동이 느리고 움직이거나 일하기를 싫어하는 태도나 버릇'을 뜻한다. 이 정의에서 '싫어하는'이라는 문구가 눈에 들어온다. 사전적인 의미로 해야 할 일을 하지 않음에 대한 의도나 목적에 두 단어를 구분하는 힌트가 있음에 주의를 기울일 필요가 있다.

쉼은 게으름과 다르다. 목적이 다르고 그 의도가 사뭇 다르다.

사회심리학자인 데번 프라이스는 『게으르다는 착각』이라는 책에서 '게으름이라는 거짓은 열심히 일하는 것이 쉬는 것보다 도덕적으로 우월하며, 생산적이지 않는 사람은 생산적인 사람보다 내재된 가치가 적다는 신념 체계다'라고 말한다. 두 가지 개념을 굳이 구분하는 데 의미를 두기보다 게으름이라는 단어 자체가 갖게 된 부정적인 이미지에 문제를 제기한 것이다.

생산성을 중요시하고 게으름을 터부시 하면서 우리는 급속도로 성장을 이루어 냈다. 하지만 동시에 쉼을 게으름과 은연중에 동일시하면서 건강한 쉼의 문화가 자리 잡지 못하고 편안한 마음으로 쉼을 갖는 것이 어려운 과제가 되었다는 사실도 인정하지 않을 수 없다. '아무것도 하지 않는 상태'가 되면 그 시간을 어떻게 보내야 할지 몰라 안절부절 불안하고 마음이 불편해진다. 나 자신과 다른 사람들에게서 그런 모습들을 보게 될 때면 마음 한켠 딱한 마음도 들고 '똑똑 바보'라고 한마디 해주고 싶기도 하다. '뭣이 중헌디'.

'게으름'이 가진 부정적인 이미지가
나의 쉼을 방해하지 못하게 하려면 어떻게 해야 할까?

질문에 대한 대답은 사람마다 천차만별일 수 있다. 각자의 성향뿐 아니라 사람들이 일반적으로 가진 통념이나 우리가 살고 있는 문화적 배경 그리고 그 안에서 사람들이 관계를 맺어 가는 방식 같은 것들이 모두 한데 뒤엉켜서 영향을 미치기 때문이다. 더군다나 모든 사람이 처해 있는 상황이 다 다르니 게으름이냐 아니냐에 정해진 답이라는 것은 있을 수 없다. 그저 이런 모든 내적 그리고 외적 환경이 내가 지켜야 하는 가치까지 뒤흔들 수 없도록 중심을 잡을 수 있어야 한다. 그리고 내적 외적 상황에 흔들리지 않고 중심을 잡아 나 자신의 쉼의 시간을 존중하는 삶이 되기 위해서는 내가 목표하는 삶의 방향이 분명해야 한다. 땅 밑으로는 뿌리가 깊고 넓게 자리를 잡고 땅 위로는 곧고 힘 있게 한 방향으로 뻗은 줄기를 중심으로 자라난 나무처럼 말이다. 그것이 가능했을 때 비로소 일과 삶과 쉼이 조화를 이루어 하나가 또 다른 하나의 질과 효율을 높이는 선순환이 가능해질 것이다.

우리 스스로의 쉼을 점검하고 쉼을 디자인하고자 하는 것이 나의 게으름을 정당화하려는 시도가 아님을 기억하자. 우리가 쉼 디자인을 통해 추구하고자 하는 것은 쉼의 질을 높여서 내 삶과 일에 활력을 불어넣기 위한 나만의 쉼표 리추얼 디자인이다. 쉼의 목적이 분명 하다면 쉼은 해도 그만 안 해도 그만인 무언가가 아닌 것이 된다. 우리의 삶을 지탱해 준다는 것에 이견이 없는 '일'을 대하는 나의 태도처럼, 그와 같이 상황에 맞는 나만의 방법으로 '쉼'을 지켜 나가야 하는 것이다. 그래야만 일과 삶 또한 지속 가능해지기 때문이다.

목적이 있는 쉼 디자인 : 쉼에도 목적이 필요하다

'인큐베이션 이론에 근거한 정신적 휴식과 육체적 휴식의 목표의식이 아이디어의 창의성에 미치는 영향'(김유라 정재 희, 홍익대학교 산업미술대학원)이라는 논문에서는 쉼에 '목표 의 식'의 요소를 넣었을 때 인큐베이팅 효과가 강화되어 쉼 이 전보다 더 아이디어의 독창성과 유용성 그리고 다양성 측면 에서의 향상을 보여줌을 증명하고 있다. '인큐베이팅 효과 (Incubating Theory, Sio et al. 2017)'라는 것은 문제와 잠시 떨 어져 쉼의 시간을 가진 뒤 다시 문제로 돌아오면 '예상치 못 한 통찰이 생긴다'는 이론이다. 목적이 있는 쉼이 인큐베이 팅에 활력을 불어넣는다는 것은 의식적 작업이론에서 탄력을 받았다.

'의식적 작업이론은 아이디어 발상의 단계에서 문제 해결에 변화를 주기 위해 의식적으로 인큐베이션 과정을 통제하는 것을 의미한다. 이러한 의식적인 인큐베이션 과정은 정신적 피로를 감소시키거나(Sio, Ormerod, 2009), 문제와 관련된 힌트를 주는 등의 방법을 통해 이루어진다. 이러한 의식적인 인큐베이션 과정을 가질 경우 더 성공적인 해결책을 도출한다고 한다.' (Browne, Cruse, 1988)

인간은 창의적인 존재이다. 기계도 쉼 없이 돌아가면 고장이 나는 법이거늘 하물며 인간은 생물학적으로 쉼 없이는 정신과 육체가 제 기능을 할 수 없을 뿐 아니라 그 본래의 창의성을 발휘하기도 어렵다. 무한한 잠재력을 지닌 존재임은 분명하지만 그와 동시에 둘러싼 외부 환경과 정신과 육체를 포함한 내부 환경에 영향을 받는 존재임을 간과할 수는 없다. 이것이 쉼의 질(Quality)의 중요성을 강조하고자 하는 이유이고 그렇기에 쉼과 게으름은 구분해서 관리되어야 하는 것이다.

쉼표를 찍는 것에도 전문가 의식(Professionalism)을 잃지 말자. 나의 삶과 일에 활력을 더하고 기대 이상의 성과를 내기 위해서 잘 준비된 쉼은 필수이다.

책임감과
부담감 사이

●

　내 명성, Reputation은 내가 만들어 간다. 단지 스펙뿐만
이 아니라 다른 사람들 눈에 오랜 시간 지속적으로 비춰지
는 나의 행동과 태도로 나의 명성은 만들어진다. 그리고 일
단 만들어진 나의 명성은 때로는 나의 행동과 선택의 굴레
가 되기도 한다. 선택의 기로에서 나의 마음이 어디로 향하
고 있는가를 묻기도 전에 나는 내가 생각해 온, 아니 어쩌면
세상이 오랜 시간에 걸쳐 정의 내려 준 '나'라는 존재가 마땅
히 할 선택을 하곤 한다. 그 명성을 잃는다는 것은 그동안의
나의 애씀이 무너지는 것과 같다는 생각을 나도 모르게 하고
있는 것처럼 말이다. 이쯤 되면 나 스스로도 나의 명성에 세
뇌당해서 '나는 내 명성에 대한 책임감 있는 사람이다'라고

정의를 내리고는 어렵고 도전적인 순간이 올 때마다 스스로 마음을 다잡는 것인지도 모른다. 그리고 끝까지 참고 참아 일을 완수하게 되면 성취감이 쌓여 가고 그것이 사회적으로 나를 앞으로 나아가게 하는 것을 보면서 나의 신념이나 믿어 온 가치들을 기반으로 한 선택들에 대한 확신이 점점 더 확고해진다. 점입가경.

　그러면서 '내가 사회적으로 가치 있는 사람이 되어 가고 있나?'라는 질문에 자신 있게 고개를 끄덕이게 될지도 모르겠다. 하지만 '나는 지금 행복한가?'라는 질문에는 어쩐지 자신이 없다. 어딘가 찜찜한 마음에 어디서부터 잘못된 것인지를 되짚어 보고자 했을 때는 이미 너무 멀리 와버렸고 지금까지 내가 한 선택들과 다른 선택을 할 용기도 나지 않는다. 지난 시간들을 거쳐 쌓아 온 것들을, 적어도 세상 사람들에게 인정받았던 것들을 나 스스로에게 인정받지 못한다면 모두 헛것이라는 생각에 주저앉고 말 것 같고, 그러면 다시 일어나기 힘들 것 같다는 예감이 강하게 나를 휘감는다. '처음에, 혹은 너무 늦기 전에 가던 길 중간 어디쯤 잠시라도 생각하는 시간을 가졌다면 어땠을까? 앞으로는 어떻게 해야 할까?'라는 생각이 꼬리에 꼬리를 문다.

우리 사회는 '도전'이라는 단어를 참 좋아한다. 크고 작은 도전들이 쌓여 인류가 여기까지 발전해 왔고 인간이 태어나서 두 발로 걷고 배워 사회 구성원으로서의 역할을 하는, 그 당연해 보이는 과정에도 사실은 수많은 도전이 있다는 것을 알기 때문이다. 도전이라는 단어에 성장, 변화, 발전, 초월, 성공 등의 긍정적인 부분만 있지 않고 부담, 실패, 두려움 등의 부정적인 감정들도 혼재되어 있음을 앎에도 불구하고 우리는 도전이라는 단어를 주로 긍정적이고 미래 지향적인 의미로 더 많이 사용한다. 하지만 도전이라는 단어가 진정으로 긍정적인 방향으로의 모멘텀(추친력)을 갖기 위해서는 그 안에 강력한 내적 동기가 있어야 한다. 내적 동기가 없는 도전과 책임감은 부담감만 키울 뿐이다.

나이가 들어감에 따라 책임감이 부담감을 이기는 상황이 더 자주 생긴다. 부담감이라는 단어에 자꾸 '선한' 부담감이라는 수식어를 붙인다. 그야말로 선한 부담감이 필요한 때도 있지만 문제는 아무 때나 밑도 끝도 없이 부담감을 미화시킨다는 것에 있다. 그리고 또 다른 문제는 부담이 되었던 일들도 하다 보면 어찌어찌 하게 되는 경험들이 또 다른 부담감을 이겨 버린다는 것이다. 쌓인 성취들이 부담감을 이긴다는 것이 안 좋은 일은 아니지만 선택과 결정을 위해 생각할 시간을 갖지 않는 것이 나 자신의 존재 가치를 단단히 세워 가는 것과 나의 웰빙을 심각하게 훼손할 수 있다는 자각이 없다면 그것은 문제가 될 수 있다. 잠시 생각할 시간을 갖는다고 나의 결정이 크게 달라지지 않을 수도 있다. 하지만 내가 하고자 하는 일에 나만의 이유를 갖는 것과 그냥 해야 할 것 같아서 하는 것은 천지차이이다. 나만의 이유를 갖고 일에 임하는 사람은 일을 대하는 태도나 마음가짐 그리고 가장 중요한 내 인생에 대한 주인의식과 주도성 측면에서 다를 수밖에 없다. 일을 하면서 나의 철학이 완성되고 조금 더 영향력 있는 사람이 되게 해주는 생각하는 공간이 바로 쉼표가 되어 줄 수 있는 것이다.

우리는 자신만의 철학을 가지고 책임감을 즐기는 사람에게 매료된다. 자신만의 이유 때문에 부담감을 이겨 내고 결국은 해내는 사람을 보면서 용기를 얻는다. 사람 간의 관계에 있어서도 생각 없이 소비되는 관계에 실망하고 마음의 여유를 가지고 의미를 담은 관계에 감동한다. 이처럼 우리에게 생각할 시간이라는 것은 흘러가 버릴 수 있는 일과 관계를 가치 있게 만들어 준다. 삶을 몇 년 차라는 양으로만이 아니라 질 높게, 잘 살게 해준다.

책임감이 부담감이 되지 않도록 하는
방법이 있기는 한 것일까?

책임을 져야 하는 일에 부담을 느끼지 않는 사람이 있기는 한 것일까? '책임이 따르는 일'이라는 것은 '부담을 가져라', '가볍게 여기지 마라'라는 말로 생각이 될 만큼 '책임'과 '부담'의 사이는 끈끈하다. 때로는 그 두 단어가 같은 감정에 하나는 긍정적인 또 하나는 부정적인 단어를 사용한 것이 되기도 한다. 그 둘 모두 부정적이기만 한 감정이라 할 수는 없지만 쉼을 방해하게 된다는 사실을 부인할 수는 없다. 책임감을 느끼는 일을 만나게 되면 한순간도 그것에 대한 생각을 놓을 수가 없기 때문이다. 무엇을, 어떻게, 누구에게 등 육하

원칙으로 계속해서 그것과 관련해서 해야 일들이 떠오르고 떠오른 일들을 처리하기 전에는 잠도 잘 오지 않는다.

이렇게 책임감과 부담감이 과도한 스트레스를 야기하며 우리의 건강과 생산성에 영향을 미칠 수 있다는 것은 결코 가볍게 생각할 수 없는 중요한 문제이다. 매년 트렌드 리포트가 나오다 못해 이제는 시시각각으로 새로운 기술과 사회 전반의 변화들이 끊임없이 쏟아지는 시대 환경에 둘러싸여 우리는 다양한 역할들로 살아간다. 이러한 상황에서 나에게 세상이 거는 사회적 기대는 점차 가중되어만 가고, 기대에는 책임과 부담이 따라오게 된다. 피치 못할 상황이라고 무시해 버리기에는 이러한 감정들이 나를 휩쓸어 끝내 나를 잃어버리는 결과를 초래할 수 있음을 직감적으로 안다.

책임감과 부담감이 지나치게 높아지면 스트레스로 마음의 병이 깊어질 수 있고, 이것은 불안, 우울, 수면장애 등 다양한 심리적인 문제로 이어질 수 있다. 지속적인 스트레스는 신체 건강에도 좋을 리 없다. 스트레스 호르몬인 코르티솔의 분비가 증가하면서 면역력이 저하되고 만성적인 스트레스는 심

혈관 질환, 내분비계 이상, 소화계 문제 등 다양한 신체적인 문제를 초래할 수 있다. (스트레스의 정체와 영향, 파주보건소 통합 건강증진사업)

뿐만 아니라, 과도한 책임과 부담은 우리로 하여금 지나치게 일에 몰두하여 가족, 친구, 취미 등 개인에게 중요하고 삶을 풍요롭게 만들어 주는 관계와 취향들에 소홀히 하게 만든다. 일에 파묻혀 대인관계가 약화되고 결국은 소중한 사람들로부터도 멀어지는 상황이 생기기도 한다. 열심히만 한다고 일의 성과가 좋기만 한 것도 아니다. 집중력과 창의성 그리고 생산성 등이 떨어져 결국은 삶도 일도 건강하게 지키지 못하는 결과로 이어질 수 있는 것이다.

책임질 일을 피할 수만도 없고, 오히려 책임감을 파도 타듯 즐기며 나 자신을 성장시키는 원동력으로 삼아야 하겠지만, 그것이 과도한 수준으로 나와 내 주변에 안 좋은 영향을 끼치지 않도록 항상 경각심을 가져야 한다. 즉 건강한 삶과 일에서의 생산성을 유지하기 위해서도 나에게 맞는 쉼으로 일과 삶의 균형을 유지하는 것은 꼭 필요하다.

'이것만 끝나고'
세상 끝까지 미룬 행복

우린 평생 행복을 미루며 산다.

유년기에는 언니, 오빠, 형, 누나, 어른들처럼 크면,

초중고 학생시절에는 대학교만 가면,

대학생 때는 취직하고 나면,

취직을 한 후에는 결혼만 하면 되는데,

결혼을 하고 나면 아이가 생기면,

아이가 생기고 나면 둘째까지만 낳으면,

아이들을 낳고 나면 아이들 키우고 나면,

…

지금은 인생의 숙제가 아직 남아서, 내 마음이 현재보다 기약 없는 미래에 가 있어서. 행복의 이유가 충분하지 않아서. 지금 가진 것 이외에 간절히 바라는 것이 있어서. 걱정거리가 있어서. 이것만 끝나고 나면 이것만 이루고 나면. 그 후에는 한시름 덜고 행복해질 것이라고 생각하고 약속되기라도 한 듯한 미래의 행복을 바라며 아까운 세월을 보낸다. 행복을 미루는 동안 우리는 편안한 마음으로 쉼을 갖는 방법도 잊거나 미루고 만다.

그렇게 행복과 쉼을 미루는 습관은 쉽게 고쳐지지 않고 일을 할 때도 나를 따라다닌다. '이것만 끝내고 나면 좀 괜찮아지겠지', '이것만 끝나면 당분간 아무것도 하지 말고 쉬어야지' 하는, 그 후의 해방감과 만끽하고 싶은 행복을 선망하지만 잡힐 듯 잡힐 듯 좀처럼 내 것이 되지 않는 소망들에 '언젠간'이라는 표식을 붙여 줄곧 바라만 본다. 아직 가지지 못한 것은 가진 것이 아니고 그것을 희망하는 것은 누리는 것과 천지차이라는 당연한 사실을 아는 것인지 모르는 것인지 내 인생의 좋은 것들을 미루는 어리석은 선택을 끊어 내지 못하고 반복한다.

"내가 찾고 싶은 것은 찐 행복이라서 그래.

누가 봐도 행복할 만한 상황에서 진정한 해방감을 느끼고 싶

어서."

걱정이나 고민거리에서 완전히 벗어난 날이 있었나. 걱정
이 없으면 오히려 무언가 놓치고 있는 것은 아닐까 불안해지
고 당장 안 해도 되는 걱정거리까지 찾아내어 얼굴에 겸손을
가장한 그늘을 만든다. 돌아보니 잠시 잠깐이라도 그 순간에
온전히 존재하며 진짜 웃음을 짓는 거의 유일한 순간은 아이
들과 함께일 때이다. 내가 가장 중요하다고 여기는, 가장 강
력한 당위성을 가진 존재들 앞에서 우리는 진짜 웃음을 짓고
진짜 행복을 느낀다. 해야 할 일에 떠밀리고 있지 않아서가
아니다. 걱정이 없어서가 아니다. 아이들을 웃게 하는 것은
내가 아이들과 그 시간에 현존하고 온전히 공유하고 공감하
는 것이라는 강한 믿음 때문이다. 그리고 아이들이 웃을 수
있는 안전한 환경을 만들어 주는 것은 그 아이들의 삶의 성
을 견고히 쌓아 가는 데 매우 중요하다는 생각을 하기 때문
이다. 이처럼 우리는 더 큰 가치 앞에서 내가 쥐고 있던 것들
을 내려놓을 수 있는 당위성을 찾게 될 때 지금, 행복해진다.

그리고 진짜 쉼을 쉴 수 있게 된다.

쉴 수 있는 마음 만들기: 부정은 미루고 긍정은 앞당기기

'시간'이라는 것은 참 오묘하게도 지나고 나면 그 자리에 있던 기억들을 흐리게 만든다. 시간이 지나면 선명했던 기억들을 한차례 삼키고 소화시켜서 흐물흐물하게 만들고 마는 것처럼 모두를 벨 듯 날을 세우던 감정의 이유들이 둥글둥글하게 무뎌져 문제였던 것이 더 이상 문제가 아닌 것이 되기도 한다.

기분 나쁘고 속상한 일이 생기면 잠을 청해 보자. 아무 생각도 하지 않고 그저 시간이 하는 일을 기다리듯이 말이다. 좀 자고 일어나면 강렬했던 감정이 조금은 희미해지고 속상했던 마음도 견딜 만해진다. 아무 때나 낮잠을 잘 수 있는 여유는 없다 해도 방법이 없는 것은 아니다. 여유가 많지 않고 할 일이 많아지면 할 일을 하며 시간이 좀 흐르도록 두는 것이 가능해진다. 이렇듯 시간의 힘을 이용해 보자. 온갖 감정이 내게 휘몰아치고 있다면 잠시 멈추어 부정의 감정은 미루는 선택을 해보자. 내 감정들에 통제력을 갖는 것, 시간의 힘을 이용할 수 있게 되는 것, 내 안의 나를 토닥이는 힘을 갖게 되는 것, 이것들이 나에게 거친 세상을 돌파해 나갈 힘이 되어 줄 것이다.

감정이 시간이 지남에 따라 옅어진다면 긍정의 감정들은 당연히 미루지 말고 그 자리에서 느끼고 표현하고 누려야 마땅하다. 감정의 연쇄 효과로 마치 작은 돌이 호수에 떨어져 생기는 물결처럼 우리의 감정이 또 다른 감정을 일으킨다. 많은 경우 긍정적인 감정은 또 다른 긍정적인 감정을, 부정적인 감정은 또 다른 부정적인 감정을 불러온다. 마음이 평온한 상태에서는 긍정적인 사고와 감정이 더 쉽게 발현되며, 마음이 안정되고 평온할 때, 우리는 자신에게 집중하고 내면의 목소리를 듣게 된다. 이때의 쉼은 우리 자신에 대한 이해를 높이고 새로운 관점을 갖도록 생각 주머니를 넓혀 준다.

이렇게 쉬는 동안, 우리는 우리가 평소에 놓치는 것들을 발견하기도 한다. 일상의 소란 속에서는 자주 무시되거나 간과되는 것들을 우리 마음이 함께 쉬는 동안에는 아름다움으로 자각하고 새로운 영감을 얻을 수 있다. 마음이 평온하고 안정된 상태에서 우리는 자신의 감정과 생각을 탐구하고, 이를 통해 내적 평화와 깊은 만족감을 얻는 경험을 하게 된다.

주인 잃은
성공의 기준

💬

무엇이 내 실천의 원동력이 되는가?

행동력과 실천력이 있는 사람들 중에는 생각에서 행동까지의 거리가 짧은 사람들이 많다. 물론 큰 의사결정은 리스크나 상황을 고려하여 판단을 미루기도 하지만 그러한 행동유형의 사람들은 일단 구상을 시작하면 아이디어를 발전시켜 나감과 동시에 이미 행동으로 옮기고 있을 가능성이 높다. 대체로 강한 내적 동기에 의해 실천력이 발동이 되는 경우들에 그러하다. 하지만 때로는 근거 있는 판단이나 자신에 의한 동기 부여가 아닌 다른 사람의 기대에 부응하기 위해서 행동을 하게 되는 경험들 또한 하곤 한다. 그런 상황들은 앞서 이야기한 것처럼 대체적으로 나 스스로가 만든 '난 이런 사람이야'라는 프레임에 스스로가 갇혀 버린 경우들이다. 그리고 그러한 프레임은 성실함, 책임감, 진취성, 행동력 등 소위 말하는 일잘러들의 대표적인 특징을 내포하고 있다는 착각을 불러일으키기도 한다. 이러한 프레임은 종종 우리로 하여금 타인 또한 나를 그렇게 볼 것이며 나의 선택이나 행동으로 인해 인정 혹은 실망을 하게 될 것이라는 생각을 하게 하기도 한다.

물론 이러한 등 떠밀린 듯한 사고방식에 순기능이 아예 없지는 않다. 어떤 계기로든 '입 밖으로 꺼낸 말은 지킨다'라는 것을 철칙으로 하는 사람들일수록 일에 있어서의 성공 가능성은 높을 수밖에 없다. 어떤 이유로든 행동하지 않는 것과 행동을 하는 것의 성공 가능성은 비교 자체가 어렵기 때문이다. 하지만 모든 시도가 성공으로 가는 길의 효율성을 높여주지는 않는다는 것 또한 우리는 알고 있다. 우리가 하는 시도들은 때로는 목표 도달에 있어서 하나 마나한 시도가 되기도 한다. 그 또한 대체로 해보기 전에는 알 수가 없지만 말이다. 하지만 언제나 아무것도 안 하는 것보다는 무엇이라도 하는 것이 낫고 그럼에도 불구하고 분명한 것은 눈에 보이는 모든 시도를 하기에 우리 에너지는 한계가 있다는 것이다. 나에게는 돌아보아 가꾸고 챙겨야 하는 나의 삶도 있고 말이다.

포기를 정당화하려는 것이 아니라 내적 의지의 발현과 스스로의 판단인지 외부 상황에 떠밀린 것인지 명확히 자각할 필요가 있다는 이야기를 하고 있는 것이다. 물론 나를 아끼는 사람들의 조언이 인생에 있어서 중요한 계기나 변화의 시작이 되어 주는 경우도 많이 있다. 그러한 조언이나 기대들에 귀를 닫자는 것이 아니라 듣되 실천에 옮길 것인지의 판단은 다른 사람의 손에 맡기지 말고 스스로 하자는 것이다. '나'라는 사람의 존재, 상태, 상황을 가장 잘 알고 가장 가까이서 돌볼 수 있는 것은 나 자신이니까 말이다.

그러기 위해서는 목표를 향한 뾰족하고 전략적인 판단이 필요하다. '이도 저도 다 도움이 되기는 할 텐데…'라는 식의 접근으로는 한 발자국도 앞으로 나갈 수 없다. 끝도 없이 많은 '도움이 되는 일'을 시작만 하다 끝날 가능성이 높기 때문이다. 한번 시작했으면 성과가 나올 때까지 지속할 수 있어야 하고 그러기 위해서는 타인의 기대나 외적 동기보다 내적 동기가 절대적으로 필요하다.

남들의 시선이 도대체 어떤 의미인 걸까?

'인간은 사회적 동물이다.' 인간은 다른 사람과 함께 하는 사회 속에서 그들과 교류하며 자신의 존재를 확인해 나가는 존재라는 의미이다. 최근 SNS 운영이 성공 노하우로 빠짐없이 언급이 되는 것도 이와 같은 이유일 것이다. 하지만 나의 의사결정이나 행동이 좌지우지 되어야 할 만큼 다른 사람들이 나에게 가지고 있는 관심이 큰 것일까? 트렌드 모니터의 "'나', '타인'에 대한 관심 및 평판 관련 인식 조사'를 살펴보면 2017년과 2021년 사이 '평소 나의 평판을 잘 관리하는 것은 나에게 중요하다'라는 항목에 그렇다고 답한 사람은 61.3%에서 59.7%로 소폭 감소한 반면 '타인'에 대한 관심도는 2013년 65.1%에서 2017년에는 58.6%, 2021년에는 48%로 급격히 줄어든 것을 볼 수 있다.

이 조사는 내가 신경 쓰는 것보다 남들은 비교적 나에게 관심이 적다는 의미로도 해석될 수 있다. 데이터를 보지 않더라도 나와 내 주위의 사람들이 어떤 생각을 가지고 있는지를 보면 금방 알 수 있다.

자발적인지 떠밀려 한 결정인지 모를 결정들로 정신없이 많은 일들에 이리 치이고 저리 치이고 있다면 잠시 멈춰 질문을 던져 보자.

내 의사 결정은 어떤 내적동기로부터 기인한 것인가?
그 시도가 나의 목표 달성을 고려한 전략적 선택인가?
어떤 가치를 추구하고자 그러한 의사결정을 하게 되었나?
그것이 나에게 어떤 영향을 주게 될 것인가?
내가 기대하는 그 일로 인한 파급효과는 실현 가능성이 얼마나 있는가?
효율적인 목적 달성을 위한 최선의 선택인가?

질문을 던지다 보면 내 분주함의 실체가 보이게 될 것이다. 의미 없는 분주함은 거둬 내고 내 삶 전체에 의미 있는

것들로 채우는 것만으로도 나 스스로를 번아웃의 수렁에서
조금씩 끄집어낼 수 있다.

나에 대한
무관심

●

언제서부턴가 거울을 자세히 보지 않는다. 아침에 일어나 마른 얼굴을 손바닥으로 힘주어 비비고는 기름기만 닦아 내듯 세수를 한다. 피부도 표정도 딱히 좋을 일 없는 얼굴, '일시적'이라 믿고 싶은 초췌한 모습에 의미도 마음도 두고 싶지 않다. 거울 속 얼굴만 외면을 했을까 생각해 보니 총체적인 난국이었다. '패션은 프로페셔널이다.' 믿으며 청바지 출근룩에 난색을 표하던 시절은 어디로 가버린 것인가. 철이 바뀔 때마다 꼭 한두 벌씩은 옷을 사고 그냥 지나던 길에도 이거다 싶은 구두는 그 자리에서 사버리고 꼬박꼬박 피부 관리를 받으러 다니던 시절은 속절없이 증발해 버리고 100번 입은 티셔츠와 물아일체가 된 것마냥 후들후들해진 모습만 남았으니 거울을 자세히 들여다보고 싶은 마음이 들 리 없다. 집 밖을 나갈 때는 최소한의 예의로서의 치장만 하고 재빨리 볼일만 보고 들어온다. 나를 가꿀 정신도 시간도 없다는 생각은 나의 '일시적 외면'을 정당화시켜 준다.

조금만 신경을 쓰면 미간을 잔뜩 구긴 화난 표정이 된다는 것도 미간 주름이 선명해지고 나서야 알게 된다. 보안상 회사 안에서 핸드폰 카메라 사용이 되지 않으니 우연히라도 회사에서 사진이 찍힐 일도 없었고 잔뜩 집중하느라 마치 화가 난 듯 보이는 사람에게 인상 펴라고 말해 주는 사람도 없었다. 한참 후에야 동료로부터 내가 자주 인상을 쓰고 있다는 이야기를 듣고 그때야 내가 걸핏하면 미간을 찌푸린 표정을 하고 있다는 것을 알게 되어 적잖게 놀랐었다. 그 후로는 생각날 때마다 의식적으로 미간을 펴려고 노력하지만 아직도 하루 중 대부분의 시간을 무엇인가에 생각이 온통 빼앗겨 '얼굴 펴야지'라는 다짐은 머릿속에서 너무나도 쉽게 잊혀져 버린다.

그렇게 우리는 우리에 대한 관심을 거두는 중이다. 그리고 그것은 점점 더 우리를 나 자신을 돌보는 것에서 멀어지게 만든다.

내가 내 얼굴을 들여다본다는 것은 어떤 의미일까?

새벽에 일어나 책상에 앉기 전에 거울 앞에 서본다. 전날 저녁에 야식을 먹었는지 잠을 설쳤는지 꿀잠을 잤는지를 말해 주는 얼굴의 붓기를 확인하며, 어느 날은 퉁퉁 부어 있는 얼굴에 웃음을 터뜨리고 또 어느 날은 개운한 얼굴을 보면서 만족스러운 미소를 마주 보낸다. 강한 햇볕에 어두워진 얼굴 잡티도 확인하고 미간 주름이 짙어졌는지도 보고 피부가 너무 건조하지 않은지도 체크한다. 건조하면 영양크림이라도 발라 주고 가끔은 로션을 잔뜩 바르고 진동 마사지기로 둥글둥글 문질러 준다. 거울 속 내 얼굴을 마주 보며 내 몸과 마음의 컨디션이 어떠한지 안부를 묻고 보이는 모습 그대로를 지금의 나의 일부로 인정한다.

거울을 들여다보는 것은 지금의 나를 받아들이고 돌보고

자 하는 행위이고 나 스스로에게의 관심과 애정을 놓지 않고
자 하는 최소한의 몸부림이다. 거울 안의 내 얼굴에 빠끔히
드러나는 내 마음 상태도 점검해 보고 푸념도 격려도 위로도
건네줄 수 있는 찰나의 시간이다. 짧은 시간이지만 지극히
개인적이고 좀처럼 방해받지 않는 성찰의 시간이다. 거울을
보고 나를 들여다보는 것은 외면한다고 외면이 되지 않는 대
상인 나라는 존재를 언제고 다시 끌어안는 시작이 된다.

지금의 나를 인정하지 않는다는 것은 Here and now, 즉
지금 이 순간을 충분히 누리며 살고 있지 않다는 것을 뜻하
는지도 모른다. 그리고 현재에 내가 있지 않다는 것은 지금
의 나와 나의 상황에 자족하고 있지 않다는 것, 충만한 행복
을 느끼고 있지 않다는 것을 의미한다.

거울 속 내 모습을 돌보아야 하는
나만의 이유를 찾아야 한다

곰곰이 생각하면 거울 속 내 모습을 '외면했다'고 표현한

날들 중에는 무엇인가 항상 다른 생각에 정신이 팔려 있어서 거울을 볼 때조차 계속 '생각 중'이었다는 표현이 더 어울리는 날들이 많았다. 무엇 하나에 몰두하는 것이 나쁘지는 않다는 것을 알지만 그것이 나 스스로를 돌보지 않는 시작이 될 수 있음을 알려 주는 신호라면 민감하게 점검해 보아야 할 것이다. 그러한 경각심이 들었던 것은 나를 향한 가까운 사람들의 목소리 덕분이었다.

"그 무엇도 너 스스로를 돌보는 것만큼 중요한 것은 없어."

무엇인가에 몰두했다는 것은 몰두한 대상이 그 당시 나에게 중요하다고 생각했기 때문이었을 것이다. 하지만 삶을 건강하게 사는 것의 중요성을 간과하면 언젠가는 크게 후회할 수 있다는 것, 그리고 그 당시 중요해 보이는 대부분은 시간이 지나야 그 진가를 알 수 있다는 것을 기억한다면 내 생각과 행동에 변화가 있을 수밖에 없다.

So what?

'나의 어떠함을 인식하게 되었다.' 즉, 성찰을 통한 깨달음이 있다는 사실이 파워풀한 이유는 나의 삶의 목표와 행동이 일관성이 있는지를 점검하게 되고 변화의 시작점 앞에 나를 세우게 된다는 것에 있다. 변화의 도전 앞에 섰다면 그 변화를 시도해 보아야 할 것이다. 지금을 사는 것, 지금의 나와 나의 삶을 끌어안고 내가 소중히 여기는 것들과 이 구역에서 가장 행복한 사람이 되는 것. 주변의 눈치를 보지 않고 거울 안의 나를 바라보며 어제보다 더 나은 표정으로 그리고 마음으로 살아가기 위해 노력하고 점점 더 나아지는 모습을 보며 나 스스로의 성장을 축하하는 것. 이것이 내 삶에 어마어마 차이를 만들어 낼 작은 시작이 될 수 있다.

나에 대한 무관심은 나에 대한 무지를 낳는다. 그리고 나에 대한 무지는 단순히 나에게 맞는 쉼을 어렵게 만드는 것에서 그치지 않고 삶과 일의 방향이나 목표의 실체를 불분명하게 만든다. 지름길을 찾는 첫 번째 단계는 가고자 하는 목적지를 분명히 하는 것이다. 그리고 목적지가 분명해지려면 목적지를 찍는 사람이 가지고 있는 생각이나 마음, 즉 의중을 분명히 알아야 한다. 또, 그것을 알기 위해서는 관심과 호기심을 가져야 한다. 미래나 과거에 머물러 있지 말고 현재를 살자. 나에 대한 관심이 나에게 닿는 길을 열어 줄 것이다.

Chapter 3 쉼표 스위치, 짧은 쉼의 힘

Step 1

마침표 대신 쉼표, 이유를 찾다

지키기 위한 쉼표,
번아웃을 자각하라

번아웃과 마주하다

'아무것도 하고 싶지 않다', '아무것도 하지 않을 핑계가 좀 있으면 좋겠다.' 나를 땅에 박힌 쇠사슬로 동이는 느낌이 들고 땅속으로 푹푹 꺼져 가는 것만 같았지만 그 증상을 '번아웃'이라는 단어와 쉽사리 연결시키지 못한다. '아무것도 하지 않아도 괜찮다'는, 평소에는 말도 안 된다고 생각했던 그 말이 그렇게 위로가 되고 공감이 되고 안도감이 든다. '열심히'를 강조하는 동기부여 메시지는 다 튕겨 나가고 지금의 이런 상태를 살면서 만날 수 있는 모습으로 인정해 주고 토닥여 주는 말들이 마음속을 파고 들어온다.

'핑계도 참 거창하다. 이런 감정들이야 모두 그저 내가 하고 있는 일에 흥미를 전혀 느끼지 못해서 나오는 철없는 한때의 몸부림이 아닌가. 1분 1초가 아까운데 늘어지게 여유를 부리고 있는 꼴이란. 내가 이러고 있을 때 다른 사람들은 10보 100보를 걸어 나가고 있는 것이 보이지 않는가. 그 사람들이라고 지치는 순간이 없겠는가. 다 그러려니 하고 저렇게 잘 이겨 나가고 있는데 나는 도대체 왜 이 상태에서 벗어나지 못하고 있는 것인가.'

도대체 무엇이 중요하기에 나 자신의 번아웃 하나 인정하지 못해서 바로 적극적인 조치를 취하지 않는 것일까 싶지만 질병도 아니고 조금 지친 것이 그렇게 문제가 될까 싶어서 애초에 그 심각성을 인정하지 않았다고 말하는 것이 더 맞을지도 모른다.

나는 무엇으로 내가 번아웃이라는 것을 알 수 있을까?

번아웃에는 반드시 몸과 마음에 증상이 따른다. 2023년 5

월에 발간된 월간 『인재경영』(219호)에서는 번아웃 증후군에 대해서 '의욕적으로 일에 몰두하던 사람이 정신적 피로감을 호소하며 무기력해지는 현상을 말한다. 포부 수준이 지나치게 높고 전력을 다하는 성격의 사람에게서 주로 나타난다'고 설명한다. 또한 번아웃 증후군 자가 테스트를 통해 '짜증이 늘었다', '모든 일에 대체로 의욕이 없다', '주변 사람들과 대화를 나누는 게 버겁다' 등의 점수가 높게 나오면 번아웃 증후군에 가까운 것으로 설명한다.

일과 상황적 부담의 과부하는 우리의 몸과 마음을 지치게 만들고 더 나아가서는 병이 나버리기도 한다. 우리가 흔히 하는 착각이자 실수가 정신력으로 체력을 이기려고 하는 것이다. 하지만 체력은 키워야 하는 것이지 없던 체력을 정신력으로 만들어 낼 수도 없고 버티는 것에는 한계가 있다. 아무리 관리를 한다 해도 나이가 들어가면서 조금씩 약해지는 것이 또 우리의 몸이다. 정신만 무장한 채 나 자신을 일로 몰아붙여서 몸에 무리가 간다면 약해지는 속도를 높이고 결국은 건강에 좋지 않은 영향이 있을 수밖에 없다.

건강이든 정신이든 무엇 하나가 무너지면 도미노처럼 내 삶도 일도 무너지기 시작한다. 어디가 시작이었는지 언제 손을 써야 했는지 기억을 더듬는 것조차 무의미해지는 순간이다.

나에게 흥미가 없는 일이라고 무조건 나를 무기력하게 만들지는 않는다. 지금껏 얼마나 많은 일을 하기 싫어도 마치 내적 동기에 불붙은 것처럼 열정적으로 해왔는가를 생각해보면 금방 알 수 있다. 무기력이라는 것은 참으로 무서운 것이라서 나를 세상의 자극에 좀처럼 반응하지 않게 만든다. 기쁨도 분노도 흥분도 슬픔도 느끼기는 하지만 반응을 하는 것이 귀찮아진다. 밥만 먹는다고 기력이 회복되는 그런 종류의 것이 아니라는 것이 참 신기하기만 하다. 몸의 피로가 만성이 되면 건강에 좋지 않은 영향을 주지만, 마음의 피로도 마찬가지로 오랫동안 돌보지 않으면 우리를 뜨거운 태양 아래 엿가락처럼 쭈욱 늘어져서 바닥에 붙어 버리게 만들고 만다. 자칫 잘못하면 회생하기가 참 어려워진다는 뜻이다. 몸도 마음도 그렇게 되돌리기 어려워지기 전에 돌보아야 하는 또 다른 이유는 인간은 참 유기적인 존재이기 때문이다. 서로가 서로에게 영향을 주는 존재. 그것이 가족이 되었든 친구가 되었든 팀과 조직이 되었든, 번아웃은 무거운 듯하지만 감기처럼 빠르게 번진다. 나의 존재 이유가 '영향력'과 연관되어 있다면 내 몸과 마음을 돌보지 않았던 것이 얼마나 무책임하고 말이 되지 않는 행동인지 우리는 알아야 한다.

나의 상태를 '인정'하면 무엇이 달라지나?

나의 번아웃을 '인정'한다는 것은 의사의 '진단'과 비슷한 점이 있다. 병을 치료하기 위해서는 올바른 진단이 중요한 것처럼, 내가 쉼표가 필요한 번아웃 상태임을 인정했을 때 비로소 적절한 처방을 액션으로 취할 수가 있다. 그렇지 않으면 그저 조금 더 견디어야 하는 일반적인 상황으로 잘못 인식하고 회복을 위한 노력을 하지 않을 가능성이 높다. 내가 내 몸 상태를 인정하고 감정상태를 인정하고 쉼이 필요하다는 사실을 인정하고 지금까지의 애씀을 인정해 주고 잠시 토닥여 주는 것으로 회복을 위한 노력은 시작된다. 어쩌면 인정이라는 것으로 내 마음속 깊은 곳의 외침을 알아주기를 바라는 내가 쉼표 없이 내달림을 몸부림으로 삼았는지도 모르겠다. 우리의 노력과 애씀들이 성공 그리고 궁극적으로 행복과 맞닿아 있다면 우리가 바라는 성공과 행복이 어떤 모양인지를 들여다봐야 할 필요가 있다. 가만히 들여다보면 생각보다 내가 바라는 이상적인 행복의 모습이 멀리 있지 않음을 알 수 있고 '그렇다면 나는 무엇을 이루기 위해서 살아 볼까?'라는 한 차원 더 깊고 높은 질문을 나에게 던질 수 있다.

벗어나기 힘든 먹고사는 문제들 앞에서 번아웃이니 쉼표니 하는 것들이 다 배부른 소리로 들릴 수 있다. 하지만 여전히 우리는 사람이라는 생명체이다. 놀랍도록 무궁무진한 잠재력을 가지고 있지만 동시에 체력적 정신적으로 가지고 있는 한계를 인정하고 관리하려는 노력을 해야 내가 가진 잠재력을 무한히 펼치며 살 수 있다.

지키기 위해서, 부러져 버리지 말자

잘 디자인된 건강한 쉼이 필요한 가장 큰 이유는 내가 가진 것들을 지키기 위함이다. 나의 건강을 지키고, 마음을 지키고, 꿈을 지키고, 내가 사랑하는 사람들을 지킬 수 있게 해주는 것이 바로 쉼이다. 그냥 아무것도 하지 않고 흘러가 버리는 시간을 통칭하여 쉼이라 부르지는 않을 것이다. 내가 몸과 마음의 회복을 위해서 하는 일들을 여기서는 쉼이라 부르고자 한다. 건강한 쉼이어야 내 몸과 마음을 지킬 수 있으니까.

나를 만나고 지켜 낼 수 있는 공간, 내가 선 자리를 지켜 내게 해주는 숨구멍, 한 발자국 물러서서 내가 가는 길을 조망해 보게 해주는 찰나의 여유. 쉼을 통해 가능한 그 모든 좋은 것들을 누리며 사는 우리 모두의 인생이 되기를 바라 본다.

열정의
또 다른 이름으로

🌑

    할리우드 영화에 등장하는 성공한 사람들을 떠올리면 생각나는 장면들 중에서 대표적인 것이 바쁜 일정 중에도 운동을 반드시 챙기는 자기 관리의 모습이다. 반드시 성공을 위해서가 아니다. 우리는 종종 '살기 위해 먹는다', '살기 위해 운동한다'는 표현을 하곤 한다. 마지못해 하는 느낌이 들게 하는 표현이지만 또 한편으로는 살아내 하고자 하는 일 혹은 이루고자 하는 일이 있을 때 쓰는 삶과 일에 대한 의지가 담긴 표현이기도 하다.

여기서 이야기하는 목표와 관련이 있는 열정은 미래에 대한 열정이고 꿈에 대한 열정이다. 또 지금도 미래에도 행복한 삶을 살고자 하는 의지이기도 하다. 내가 가지고 있는 것이 사람에 대한 열정이라면 그 또한 예외일 수 없다. 삶에 대한 열정과 쉼의 연결이라니 서로 반대되는 의미를 나란히 붙여 놓으려 하는 듯한 느낌이지만 불이 타오르기 위해서는 산소가 필요한 것처럼 그 열정을 건강하게 유지시키려면 쉼 또한 소홀히 여겨서는 안 된다. 더욱이 우리의 열정이 우리가 정한 목표를 달성하는 것에 대한 열정이라면 우리는 그 목표를 달성할 때까지 집념과 끈기 혹은 앤젤라 더크워스가 말한 그릿(GRIT)이 필요한데, 이 과정에서 끈기를 유지할 수 있도록 지속적으로 체력과 정신력을 지탱해 주는 것 또한 쉼이다.

마음에 열정이 생기면 우리는 몰입을 하게 된다. 몰입은 한 가지 일에 빠져들면 그 생각만 하게 된다는 점에서 일 중독과 유사한 면이 있다. 혹시 나에게 한 가지 일에 빠지면 그것만 생각하는 경향이 있다면 몰입과 일중독을 구분 지어 스스로가 어떠한 상태인지 자각하고 일중독에 빠지지 않도록 주의해야 한다. 2013년에 출간된 동아비즈니스리뷰(DBR) '한국을 이해하는 키워드 '워크홀릭' 몰입과 다른 중독임을 이해하자'에서는 몰입과 일중독의 본질적으로 다른 점들을 다음과 같이 정리한다.

① 목적과 동기의 차이 - 몰입은 내재적 동기에 의해, 일중독은 외재적 요인에 의해 강화
② 자기 조절 능력 상실 - 자기 의지로 하던 일을 중단하거나 미룰 수 있는가
③ 삶의 균형 파괴 - 일 외의 생활, 관계, 신체적 정신적으로 건강한 상태를 유지하는가
④ 지속 가능성 부족 - 지속성 있게 건강한 생명을 유지하는가
— 〈일중독과 몰입의 구분, 2013년 12월 Issue 1, 동아비즈니스리뷰(DBR)〉

삶의 균형을 파괴시키고 건강한 삶을 사는 것을 어렵게 만드는 것의 연결고리는 자기 조절 능력에 닿아 있다. 가끔은

하던 일을 잠시 중단하거나 미루고 균형 있는 삶을 살 수 있게 해주는 시간을 갖는 것이 우리에게는 필요한 것이다. 삶이 유지가 되어야 목표 달성도 가능할 테니 말이다.

쉼은 열정의 실체를 보게 해준다

우리는 우리의 열정에게 질문을 던져야 한다. 질문은 생각을 하게 하고 생각을 하면 또다시 질문을 하게 된다. 주입식 교육과 상명하복의 조직문화에서는 질문이 참 낯설었다. '질문을 하면 목표에 대한 의심이 커지고 의지의 불이 꺼지지는 않을까', '질문이 일의 속도를 늦추지는 않을까'라는 생각을 자신도 모르게 했다면 아직도 과거식의 주입식 교육과 상명하복이 만든 고정관념들의 영향에서 벗어나지 못한 것은 아닌지 생각해 보아야 한다. 목표에 집중하게 하는 방법들은 빠른 성장을 가져다주지만 속도와 외형에 집중한 지금까지의 방법들은 한계가 있으며, 이제는 개개인의 가치와 생각을 존중하고 생각하는 힘을 필요로 하는 방법들이 점점 더 주목을 받고 있다.

쉼으로 주어진 생각하는 시간은 열정의 실체를 보게 한다. '하기로 하면 한다!'는 추진력에 불을 꺼뜨리자는 것이 아니다. 해야 하는 이유, 그것이 가져올 영향력과 파급효과, 다음 단계로 가기 위한 청사진, 대상을 향한 중장기적인 비전을 그려 볼 수 있는 시간을 가짐으로써 열정의 실체를 뚜렷하게 보자는 것이다. 생각할 시간을 갖게 하는 쉼의 시간과 공간은 코앞에 해야 할 일들을 두고 하나씩 해치워 가는데, 급급했던 것에서 뒤로 한참 물러나 내 커리어 전체 혹은 인생 전체의 관점에서 지금 하는 일들을 바라보고 내가 지금 어떤 단계에 있는지 조망하게 해준다. 그것으로 지금의 한 스텝 한 스텝의 발끝 방향을 미세하게 맞추고 그것들이 갖는 의미를 명확히 알게 되어 그 일들에 임하는 내 태도도 달라진다.

실체 있는 열정으로 비전을 뚜렷이 한 사람과 목적 없이 '열심히'만 하는 사람은 분명 5년 후가 다르고 10년 후가 다르다. 실체 없는 열정은 남들 뒤꿈치만 쳐다보게 할 가능성이 크다. 5년 후에도 그 발꿈치 언저리에 가 있다면 아무것도 하지 않는 것보다는 분명 처음 시작한 자리에서 멀리 와 있을 수는 있지만 그것이 진짜 나라는 유일무이한 존재가 행복을 느낄 수 있는, 그동안 바라 왔던 삶의 모습일 것이라는 보장은 없다. 세상 어떤 시도도 쓸모없는 것은 없다 해도 정확히 조준되지 않은 길 잃은 화살에게 줄 점수는 1점도 없다. 그것이 나는 '나의' 과녁을 뚜렷이 봐야 하는 이유이다.

쉼이 모든 사람에게 목표를 뚜렷하게 해주는 효과가 있는 것은 아닐 수도 있다. 하지만 내 삶의 목표를 뚜렷이 하고자 하는 마음이 있다면 쉼이 주는 여유는 우리로 하여금 열정의 실체를 밝히고 정확하게 조준하려는 시도를 지속하는 데 도움이 될 것이다. 그래서 우리에게는 쉼의 용도와 효과와 목적에 대한 정리된 자각이 필요하다. 살며 당연히 챙겨야 하는 것이 쉼이지만 당연하기에 그 가치에 대해 깊이 생각하지 않는다. 이제라도 퀄리티 있는 쉼에 대한 나만의 고찰을 해보자. 이 책을 볼 만큼의 여유가 있다면 아직 늦지 않았다.

쉼의 이유 찾기 =
나를 찾아내 모습대로 살기

,

내 모습을 잃어버린 자리

생각을 할 여유가 없는 질주는 나다운 선택에서 점점 더 멀어지게 한다. 상황상, 이해관계상, 지금 나의 사회적 위치에서는 이정도의 선택은 해야 할 것 같아서, 역할에 갇혀서, 거절하지 못해서 등의 이유로 마지못해 떠밀려 하는 선택이 점점 더 늘어난다면 말이다. 지금 어떤 선택을 하는 것이 가장 '나다운' 선택일까를 생각하려면 평소 나 자신에 대한 탐색으로 나에 대해서 잘 알고 있어야 한다. 선택을 하는 그 순간에도 잠시 멈추어 깊게 생각해 볼 여유가 있으면 금상첨화일 것이다. 그런데 그럴 만한 마음의 여유를 갖는 것이 쉽지만은 않다. 그런 이상적인 방법으로 선택을 할 수 있는 날이 언젠간 오겠지만 그때가 지금은 아니라는 생각을 한다.

환경과 여건 탓만을 할 수도 없다. 내가 나답지 못한 선택들을 하고 원래의 내 모습을 잃어 가며 흔들리는 데에는 내 잘못된 욕심이 한몫을 하는 경우도 많기 때문이다. 그 또한 내가 정말 원하는 것이 무엇인지 알지 못해서 생기는 일일 것이다.

세상이 생각하는 성공의 모습에 나를 짜맞춰 넣어 남들에게 '잘 산다'는 인정의 말을 들어야 정말 잘 살고 있구나 생각이 들고, 그동안의 고생이 보람되게 느껴지는 것은 아닌지 생각해 보자. 반대로 '나다움'을 찾으며 남들 눈에 모호해 보일 수 있는 길을 가고 있다가 그게 뭐냐는 말을 들으면 내 인생이 참 속빈 강정 같고 일순간 초라해지는 느낌이 들지는 않는지 말이다. 지금의 선택이 나의 5년 후를 달라지게 한다. 나에게 이로운 나다운 선택은 지금 당장은 남들 보기에 우스울 수 있지만 그 일을 할 때 내가 에너지가 솟아날 것이라는 것도 알고 있다. 하지만 인간은 사회적 존재가 아닌가.

다른 사람의 눈도 적당히 의식하면서 살다 보면 어디서부터가 문제인지 모를 만큼 많은 요소들이 얽히고설켜서 진짜 내 모습대로 살아가기 위한 선택들에서 멀어지게 되고 실체 없이 분주한 탓에 제대로 된 쉼에서도 멀어지는 피곤한 인생을 살게 된다.

내가 살고 싶은 내 인생은 어떤 모습인가? 지금이라도 변화를 원한다면 문제의 근본적인 이유를 찾아내는 것만큼이나 내가 살고자 하는 인생을 분명하게 그리는 것 또한 중요하다.

내 모습대로 사는 것이 나에게 중요한 이유는 무엇일까?

한 번 사는 인생 '나'로 태어나 '나'의 인생을 살아야 하지 않겠는가. 세상이 나에게 주었던 인생 조언 중에서 딱 맞는 맞춤 조언이 있었는지 생각해 보면 꼭 맞는 100%짜리는 없었던 것 같다. '그 말도 맞지만 나는 OO한 상황이 있으니까 잘 고려해서'라는 식으로 대부분의 조언을 소화하곤 한다.

인간은 모두 다 고유한 존재일 뿐 아니라 각자가 처해 있는 상황도 백이면 백 똑같은 사람이 하나도 없다. 그 어떤 훌륭한 선택도 남의 것을 나에게 딱 맞게 가져다 적용하기가 어려운 이유이다. 맞지 않는 옷을 입으면 '불편하다', 맞는 옷 또한 앞뒤를 바꿔 입으면 어딘가 모르게 어디 한 구석이 끼는 느낌이 든다. 나에게 맞지 않는 인생, 나답지 않은 선택들이 주는 느낌도 이와 같지 않을까?

　무엇인가 한 가지에 꽂히면 꼭 그걸 해야만 직성이 풀린다. 그뿐만이 아니고 한동안은 거기에서 벗어나지 못한다. 우습지만 가장 쉬운 예로 곱창에 꽂혀 최소 한 달은 이틀에 한 번 꼴로 곱창을 먹어야 했고, 훠궈에 꽂혀 임신 막달에 매일 브런치로 훠궈를 먹어야 했다. 하지만 아무리 원하는 음식들이었다 해도 기름이 많은 곱창과 자극적인 마라가 잔뜩 들은 훠궈를 매일 먹는 것이 내 몸에 좋을 리가 없다. 마찬가지로 나에게 맞는 혹은 '내 모습대로'라는 말이 '내가 원하는 대로만'이라는 뜻은 아닐 것이다. 내가 중요시하는 삶의 가치가 내 매일에 배어들어 내가 내 삶에 대해 자족할 뿐 아니라 다른 사람들에게도 좋은 영향력을 끼치는 것. 그러기 위해서는 내가 나의 나다움에 대해서 정리할 수 있는 '시간'이 반드시 필요하다. 나다움이라는 것은 한번 정의하면 그것으로 평생을 살아가는 것이 아니라, 나무 하나를 인생 전체에 걸쳐서 그려나가듯이 어쩌면 인생의 발달과정에 따라 매일매일 조금씩 그려 나가는 과정(그래서 서민규 작가의 『콘텐츠 가드닝』에 사용된 'Gardening 가드닝'이라는 표현이 그리도 좋았나 보다)이기에 지속적으로 나다움에 대해서 생각해 보기 위한 시간이 필요한 것이다.

쉼표 없는 분주함은 자칫 나에게 맞지 않는 허상을 만들어 낼 가능성이 크다. 새로움에 대한 도전에 발목을 잡고자 하는 것이 아니다. 남들이 하는 도전이 단지 멋있어 보여서 막무가내로 따라하는 것을 경계하려는 것이고 내가 하는 새로운 도전에는 나만의 이유가 있어야 함을 이야기하는 것이다. 누군가의 삶의 모습이나 혹은 세상 사람들이 선망하는 조건들은 누군가에게 도전을 주는 긍정적인 영향력이 될 수 있다. 하지만 그것을 내 것으로 만드는 것은 또 다른 이야기이다. 그것이 내 삶 안으로 들어오면 내 삶의 모습이 어떻게 달라질 것인지, 나는 그것을 어떻게 내 것으로 소화할 것인지를 생각하고 정리하는 과정이 필요하다. 이 또한 우리가 쉼표를 찍는 이유 중 하나요, 쉼표로 할 수 있는 일들 중 하나가 될 것이다.

내가 알지 못했던 나다움도 있지 않을까?
그 또한 쉼에서 찾을 수 있을까?

내가 알지 못했던 내 모습을 마주할 때의 희열, 이해할 수 없었던 나의 반복적인 행동들에 대한 이유를 알게 되었을 때 소름이 돋았던 경험이 있는가? 한동안 MBTI가 붐이었던 이유에 그러한 경험들이 크게 한몫을 한 것이 아닐까 생각이 든다. 사람들이 MBTI로 대화를 하며 공감대를 형성하는 것이 하나의 굵직한 트렌드로 참 오래도 지속되고 있다. 나와 남이 어떤 사람인지에 관심을 갖는 현상. 나와 같거나 비슷한 MBTI를 가지고 있는 사람들을 만나면 나의 한 부분을 눈앞에 바라보는 듯한 동질감을 느끼고, 지인의 MBTI를 듣고는 '그래 맞아', '아 그래서' 하며 상대에 대해 한층 더 깊은 이해를 하게 된다. 그리고 그것이 계기가 되어 조금 더 가까워진 것 같은 내적 친밀감을 느끼게 된다. 하지만 세상 모든 테스트를 다 해본들 그 결과들이 나에 대한 설명의 전부가 될 수는 없다. 나의 인생을 관통하는 사건들, 사람들 그리고 그들이 남기고 간 흔적들. 나의 성장 배경과 상황들. 그 모든 것들이 나의 가치관과 세계관을 만들어 간다. 세상에서 만나는 것들에 내가 어떻게 반응하는지를 관찰하고 내 감정을 자문하는 과정을 통해 나는 내가 미처 알지 못했던 내 모습을 발견해 간다. 사실 내가 나다움을 찾아 나가는 그 시간 동안에도 나는 계속해서 성장하고 변화하는 중일 것이다. 어쩌면 죽을 때까지 스스로조차 완벽히 알지 못할 복잡한 존재가 나인지도 모른다.

성장과 변화라는 단어는 참 긍정적이지만 어찌 보면 관성의 법칙을 거스르는 듯한 개념이라 특별한 계기나 의지 없이 자연스럽게 그리되기가 쉽지 않다. 하지만 소중한 것들을 지키고 목표를 달성하기 위해서는 나를 잘 알아 나에게 맞는 방법으로 나를 성장시켜야 한다. 그리고 그것에는 성찰의 시간이 반드시 필요하다. 성찰과 사색의 공간이 되어 주는 쉼으로 나를 만날 시간을 갖는 것, 그것이 우리의 또 다른 쉼의 이유이다.

〈자문자답〉

- 쉼이 반드시 필요한 나만의 이유는 무엇인가?

- 쉼의 시간을 통해 내가 얻고 싶은 것은 무엇인가?

- 무엇에게도 방해받지 않는 쉼의 시간이 주어진다면,

  나 자신에 대한 어떤 생각을 가장 먼저 정리하고 싶은가?

Step 2

짧은 쉼 : 쉼표 스위치 만들기

언제라도 :
짧은 쉼의 유연함

잠시, 내 주의를 환기시키는 쉼

향이 좋은 차 한 잔, 어깨 끌어올렸다가 내려놓기 등 팔다리 스트레칭, 날숨을 더 길게 호흡하기, 짧은 낮잠, 가까운 곳 걷기 혹은 아무것도 하지 않기.

짧은 쉼에는 강력한 장점이 있다. 무언가 '거창한 계획 없이도' 휴식이 필요한 타이밍을 인지한 '즉시' 쉼이 가능하다는 것. 시간과 장소에 비교적 자유롭다는 것. 마치 나에게 매우 유용한 무기 하나를 무겁지 않게 늘 지니고 다니듯이 말이다. 어떠한 행위(doing 또는 not-doing)를 쉼으로 규정하느냐에 따라서 매우 바쁜 와중에도, 생각보다 자주 쉼이 가능하다. 그리고 그 효과는 상상 이상이다.

2019년 4월 Current Biology 저널에 'Study : Human Brain Uses Short Rest Periods to Strengthen Memories(인간의 두뇌는 짧은 쉼의 기간을 사용하여 기억을 강화한다)'라는 제목의 기사로 소개된 한 연구는 짧은 쉼의 효과를 증명한다. 미국 스위스 이스라엘 연구원들로 구성된 연구팀은 스크린에 일련의 숫자들을 보여 주고 10초 동안 왼손으로 숫자를 타이핑하도록 하고 10초 쉬고 다시 이 과정들을 35회 더 반복하는 실험을 진행하였다. 연구팀은 참가자들의 뇌 파동 변화가 과제를 수행할 때보다 짧은 쉼 동안 더 크다는 것 즉 그들의 과제 수행 능력이 타이핑할 때가 아니라 짧은 쉼을 가질 때 향상된다는 것을 발견했다. 또한 그들은 뇌파 관찰을 통해 실험 참가자들의 **뇌가 휴식시간 동안 기억을 통합하거나 굳히고 있음**을 암시하는 활동 패턴(베타리듬이라고 불리는 뇌파 크기의 변화가 휴식을 취하는 동안 개선됨)을 발견했으며 이러한 변화는 휴식시간에만 발생한 성과와 상관관계가 있는 유일한 뇌파 패턴이라고 말했다.

'열심히'의 반대 개념으로만 생각했던 쉼이 단지 정신과 육체의 피로감을 줄여 주는 것을 넘어 뇌의 수행 능력을 향상시켜 주는 효과도 있다고 하니 그야말로 일석 3조, 4조가 아닐 수 없다. 건강한 쉼을 적절하게 사용하는 것이 일의 성과를 높이기 위한 전략이 될 수 있다는 사실을 인지하고 자기 관리의 차원으로 반드시 챙겨야 하는 것이 되었다. 물론 짧은 쉼만으로는 누적된 피로에서 충분한 회복을 기대하기 어렵고 너무 자주 쉼을 핑계로 일의 흐름을 끊는 것은 짧은 쉼의 의도와 목적에 부합하지 않는다. 쉼의 장점들을 내 것으로 만들기 위해서는 나의 몰입의 패턴을 이해하고 어떤 쉼의 방법이 적절할지 스마트하고 전략적으로 쉼을 설계하는 것이 필요하다. 짧은 쉼을 설계할 때 기억해야 하는 것은 많은 사람들이 틈만 나면 습관처럼 하는 것들이 모두 쉼에 해당하지는 않을 수 있다는 것이다. 어떤 쉼이 짧은 휴식에도 주의를 분산시키지 않고 오히려 체력적 정신적 컨디션 유지에 도움이 되는 쉼다운 쉼이 될 수 있을지를 따져 가며 우리의 쉼 디자인은 세심하게 이루어져야 한다.

행복을 위한 쉼 스위치 켜기

'목적이 있는 쉼'이라는 것에는 '우리의 목표를 더 잘 달성할 수 있게 하기 위한'이라는 의미가 담겨 있다. 그리고 '우리의 목표'에는 우리가 살고 싶은 삶의 모습도 포함이 되어 있다. 일의 성과와 효율성만을 위해서 혹은 스트레스 지수를 낮추어 주변 사람들과의 관계나 일상의 삶이 부정적인 지장을 받지 않게 하기 위해서만이 아니라 나 개인의 행복을 지켜 가기 위해서도 쉼과 가까운 사이가 되어야 한다. 상황과 여건에도 불구하고 행복을 위해서 내가 할 수 있는 것들을 하는 쉼이 되어야 하고, 누군가가 주는 행복에만 의존하지 않고 나 스스로 만들어 가는 크고 작은 행복들을 맛보아 나를 더 단단하게 만들어 주는 쉼이 되어야 한다. 그리고 그런 쉼을 멀리 두는 것이 아니라 이 형태 저 형태로, 가끔은 이렇게 짧은 쉼으로도 가까이 두어야 한다. 모리스 마테를링크의 파랑새 이야기처럼 행복의 기회는 사실 멀리 있지 않은 것일 수 있다. 바쁜 일상에서 출구를 찾기 어려울 때, 감당하기 어려운 상황들이 폭풍처럼 몰려올 때 나를 지킬 수 있는 것은 어쩌면 잠깐 멈추어 생각을 정리하고, 마인드 셋을 가다듬고, 긴장한 어깨를 풀어내려 주는 짧은 성찰의 시간이 전부인지도 모른다. 그러하니 내 마음과 몸의 목소리에 귀 기울여 주저 말고 쉼 스위치를 켜자. 나는 어떤 쉼 스위치에 평안함을 느끼는지 찾아내자. 쉼의 순간에 나는 나에게 어떤 이야기를 해주고 싶은가. 어떤 위로를 해주고 싶은가. 어떤 격려를 해주고 싶은가. 그것을 들은 나의 마음은 어떻게 달라질까. 그것은 나의 쉼 이후를 어떻게 변화시킬까. 잘 하고 있다는 말, 다 잘 될 거라는 말, 어떤 상황에서도 나는 존재 자체로 인정받을 만한 사람이라는 말. 나의 쉼은 나에 대한 위로와 격려로 가득 찰 것이다. 작심 1시간, 작심 하루가 쌓이게 하는 힘이 될 것이고 어떤 상황에서도, 그럼에도 불구하고, 살아 나가는 모습으로 누군가의 버팀목이 되어 줄 것이고 따뜻한 온기가 되어 줄 것이다.

'언제라도' 가능한 짧은 쉼 디자인하기

떠오르는 지난 시간들의 짧은 쉼들을 나열해 보자. 쉼 후에 에너지가 올라감을 느꼈는지 아니면 아무 감흥 없이 그저 시간을 낭비한 것이 아까웠는지 생각해 보고 에너지가 올라간 것들로 추려 보자. 이 과정이 의미 있는 것은 나에게 어떤 쉼이 맞는지 알 수 있을 뿐 아니라 어떤 쉼을 경계해야 하는지 알 수 있다는 점이다. 또 하나, 짧은 쉼은 금방 직접 해보면서 찾고 선별할 수 있다. 내가 평소 좋아하는 것들, 내 몸과 마음이 필요로 하는 것들이 무엇인지 생각해 보고 그것들을 짧게 할 수 있는 방법들을 찾아보는 것도 방법이 될 수 있다. 예를 들어 책 읽는 것을 평소에 좋아한다면 짧은 쉼을 위해 시집 한 권을 골라 보고, 몸의 상태에 따라 의식적으로 몸의 부위 부위를 늘려 주는 스트레칭 한두 세트를 정해 보고, 20분 수면을 위한 적절한 장소와 백색소음을 골라 놓는 등 찾고 시도하고 선별해서 나와 나의 상황에 잘 맞는 쉼의 방법을 장착해 보자.

<짧은 쉼을 디자인할 때 던질 질문들>
- 시도하고 싶은 '짧은 쉼'은 무엇인가?
- 시도 후 어떤 변화가 느껴지는가?

취미몰입 :
취향과 쉼 사이

취미에 몰입하는 것이 쉼이 된다

문요한 정신과 의사가 쓴 책의 제목『오티움』은 라틴어로 '배움을 즐기는 여가 시간'을 의미한다고 한다. 그리고 이 책에서 작가는 오티움을 '내적 기쁨을 주는 능동적 여가 활동'이라고 정의했다. 책 한 권을 다 읽으며 떠오른 단어들이 있었다. 바로 취향과 몰입이라는 두 단어였다. '살아갈 힘을 주는 나만의 휴식'이라는 부제는 마치 행복하기 위해서는 나의 취향을 찾아 몰입하라는 메시지를 던지는 듯했다. 자기 목적적이고 일상적이고 주도적이고 깊이가 있고 긍정적 연쇄효과를 기대할 수 있는 취향을 찾아서 오티움의 시간들을 쌓아 나간다면 그 안에서 최고의 나를 만날 수 있을 것이라는 저자의 이야기에 때로는 깊이 끄덕이기도 때로는 스스로에게 질문을 던지기도 했다.

우리는 어떤 상태일 때 잘 쉬고 있다는 느낌을 받게 될까? 그리고 그것의 '몰입'과의 교집합은 어느 정도일까?

휴식 = 몰입 = Here and now

목적이 있는 쉼 디자인이라는 주제로 내게 '휴식'의 느낌을 주는 것들을 돌아보니 한편으로는 그 여정이 취향을 찾아가는 여정으로 생각되기도 했다. 그 순간들에 충분히 그리고 오롯이 집중하여 내 몸과 맘이 쉬어 가는 장면들을 떠올리며 '잘 쉬고 있다'라는 느낌에 더하여 '내가 그것을 좋아했구나'라는 발견이 있었다. 아니 최소한 '내가 그 순간들에 오롯이 존재했구나'라는 생각이 들게 했다. 그것은 나에 대한 발견이었고 발견 자체로 위로가 되었다.

20대 초반 미국 시카고로 유학을 갔다. 처음으로 간 한인 교회에서 예배 후 아무도 없는 예배당에서 집에서 가끔 하던 대로 조용히 피아노로 CCM 한 곡의 코드를 쳐 내려가고 있었는데 저기 예배당 끝에서 전도사님 한 분이 헐떡거리면서 뛰어오셨다. Youth Group에 반주할 사람을 찾고 있었다며 반주를 해줄 수 있냐고 물으시는데 교회에서 반주를 해본 적이 없는 나는 "잘 치지는 못하지만 당장 필요하시다고 하니 해보겠습니다"고 대답을 했다. 그렇게 매주 Youth Group 예배 반주를 하게 되었다. 음표도 제대로 있지 않고 코드들만 있는 악보를 받아 들고 매주 '내 맘대로 반주'를 했다. 웃긴 건 하니까 실력이 점점 늘더라는 사실이다. 'Give Thanks'의 위아래 옥타브들을 왔다 갔다 혼자 정말 피아노를 잘 치는 사람이 된 것마냥 흉내를 내며 혼자 스스로에게 감동도 했더랬다. 피아노 반주가 계기가 되어 학교 캠퍼스 내 한 구석에 있던 피아노 연습실을 찾아가서 피아노 연습을 하기 시작했다. 단순한 선율이나마 마음에 흘려보내며 몰입을 했었다. 그땐 피아노가 쉼이었고 숨구멍이었다.

또 다른 생각, 휴식은 relax 아닌가?

다른 한편으로 생각하면 '휴식'을 위해 무언가를 능동적으로 하고자 하는 시도들은 휴식조차 무언가를 몰입하여 열심히 하고자 하는 듯한 부담스러운 인상을 지울 수가 없다. 자고로 휴식이라는 단어에는 생각과 동작의 속도를 늦춘 몸과 마음이 편안한 상태를 떠올리게 되는 것에는 다 이유가 있을 것이란 말이다.

하지만 아이러니하게도 결국은 두 가지 견해 모두 100% 이해가 된다. 때로는 숨 쉬는 속도까지 늦춰 가며 아무 생각하지 않고 멍을 때리는 쉼이 필요한 순간도 있을 것이다. 하지만 쉼을 삶 안에 한 부분으로 받아들이고 삶을 영위한다는 의미의 쉼이라면 휴식이 때로는 능동적으로 그 안에서 내가 정신적으로 충만히 채워지는 것을 의미할 필요도 있는 것이다.

쉼은 우리의 삶을 지속 가능하게 해준다. 꿈을 좇는 여정을 지속하게 해주고 목표를 향한 걸음에 인내하며 정진해 나갈 수 있는 힘을 준다. 다 놓고 아무것도 하지 않고자 하는 것이 쉼의 목적이 아니라 잠시 나를 추스르고 조금 늦어 보이더라도 내 속도대로 가던 길을 계속 가고자 잠시 숨을 돌리는 것이 쉼의 목적인 것이다. 쉼은 내 맘을 챙기고 용기를 충전하고 내가 나로 사는 것을 가능하게 해주는 시간이고 내 주변의 소중한 것들을 함께 보듬어 가기 위한 시간이다. 그 머무름의 시간이 두터워지는 시기에는 필요에 따라서 충분히 두텁게, 스치듯 숨 쉬듯 일과 쉼이 뒤섞일 때에는 또 그렇게. 쉼을 삶 안에서 저글링할 수 있는 베테랑 같은 여유가 우리 모두에게 있었으면 한다.

비우고 만나기 :
잡생각을 비우고
호흡에 집중하기

명상 따라하기

　명상은 마음챙김이나 집중력을 높이는 데 도움이 된다. 그
런데 눈을 감고 외부 자극을 차단한 상태로 호흡에 집중하는
것이 명상이라고 생각하면 자연스럽게 쉼을 떠올리게 된다.
세계어원영어사전에는 명상의 어원은 라틴어 동사로 '곰곰
이 생각한다'라고 한다. 위키피디아도 '명상'을 그리 어렵게
설명하지 않는다. '명상은 일체의 '잡생각'을 하지 않는 것으
로 종종 마음을 깨끗이 하고, 스트레스를 줄이며, 휴식을 촉
진시키거나, 마음을 훈련시키는 데 사용된다… 명상은 자신
의 참된 자아를 깨닫기 위해서 마음을 집중시키는 일을 가리

킨다'라고 한다. 마치 명상을 하듯이 조용한 환경에서 눈을 감고 호흡에 집중해 보자. 명상의 유익들이 쉼으로 경험되기를 기대하면서 말이다.

우리의 뇌가 쉬지 못하는 이유는 계속해서 생각들이 꼬리에 꼬리를 물고 이어지기 때문이다. 중요한 일에 대해서 생각이 끊임없이 머리를 맴도는 것을 다 나쁘다 할 수 없다. 하지만 그 생각이 가끔 중심에서 벗어난 생각을 낳고 그 생각이 마음을 어지럽히고 판단력을 흐려 섣부르게 충동적인 결정들을 하게 하기도 한다. 그러한 충동적인 결정들은 삶에 목표와 결이 맞지 않는 분주함과 잡음을 낳고 우리는 그렇게 길을 잃어 간다. 그래서 잡음을 줄이고자 하는 노력이 필요한 것이다. 어쩌면 온갖 잡생각들을 비우는 것이 끊임없이 그 생각들을 안고 내 마음을 복잡하게 하며 살아가는 것보다 쉬운 일인지도 모른다.

잡생각을 비우는 것, 언제 도움이 될까?

쉼에 대한 필요성을 강하게 느끼는 날이면 자기 전 핸드폰을 멀리 두고 눈을 감고 호흡에만 집중하는 시간을 10분 이상 갖는다. 그러다 보면 자연스럽게 잠이 든다. 이것이 피곤할 때마다 하는 행동으로 자리를 잡게 된 이유는 그렇게 청한 잠이 대부분 숙면으로 이어져 개운하고 머리가 맑아지는 느낌을 경험하기 때문이다. 핸드폰을 보는 것보다는 책을 보는 것이 더 잠을 청하는 데 도움이 되었고 책을 보고 잠을 드는 것보다 더 수면의 질이 나아짐을 느꼈던 것이 눈을 감고 잡생각을 비우고 호흡에 집중했을 때였다. 수면의 질이 얼마나 중요한지는 그렇지 못한 상황을 여러 번 경험해 본 사람일수록 잘 안다. 하루 종일 눈꺼풀이 뜨끈하고 커피를 마셔도 피로가 가시지 않는 느낌, 그 효과 좋다는 20분 낮잠으로도 해결되지 않고 온몸이 무거운 느낌이 하루 종일 피로감으로 내 몸을 무겁게 짓누른다. 머리가 맑을 수가 없고 그러니 일의 효율이 오르지 않는 것이 당연하다. 수면의 질을 관리하는 차원에서도 그것을 위한 시도들은 의미가 있다.

　바쁜 하루를 보내고 있다면 그 중간에 잠시 쉬는 시간 내어 눈을 감고 호흡에 집중해 보는 것도 좋다. 정말 바쁠 때는 쉬는 시간에도 할 일을 찾게 된다. 꼭 모든 것을 순간에 다

처리해야 하는 일이라기보다 지금 바쁜 일로 인해서 미처 신경 쓰지 못하고 있는 일은 없는지 불안한 마음이 더 큰 경우가 많다. 그렇게 마음을 분주하게 만드는 대신 잠시 눈을 감아 본다. 내 마음이 차분해지고 평정심을 유지할 때 상황과 주변이 더 명확하게 보이고 판단력이 또렷해진다.

아침에 하루를 시작하기 전에 평정심을 유지하고자 하는 시도를 하는 것은 또 다른 의미가 있다. 하루를 여는 시간, 전날의 기억들이 소용돌이 잦아들 듯 밤을 지내며 잦아든 고요의 시간. 짧게나마 호흡에 집중하고 나면 마음이 좀 편안해진다. 그러고 나면 그날 마주할 일들이 하나씩 눈앞에 떠오른다. 그리고 떠오른 것들에 대해 마음을 다잡는다. 일이 적은 날은 중요한 일들에 대해, 일이 많은 날은 그날 해야 할 일들과 그 중요성에 대해, 긴급히 처리할 일들이 많은 날은 놓치지 않기 위해 가끔 눈을 떠서 단어로 메모도 하면서. 정리의 마무리에는 '잘 할 수 있다'고 '오늘도 좋은 하루가 될 것'이라고 마음을 토닥인다. 눈을 감고 마음을 고르고 차분히 생각을 정리하는 이 하루의 시작이 일어나자마자 몸을 움직이는 것보다 훨씬 하루를 잘 시작할 수 있게 해주는 것은 분명하다. 하루 중 언제, 어떤 방법들로 시도해 보면 좋을지는 각자에게 모두 다를 수 있으니 직접 해보면서 자신에게 맞는 방법과 의미를 찾아보자.

비운 자리에 채워 넣어야 할 것은 무엇인가?

잡생각을 비우면 단순해진다. 그리고 본질이 보인다. 내가 하는 모든 일들의 이유와 의미가 느낌으로 그리고 생각으로 깨달아진다. 단순해지니 미루어 왔던 중요한 일에 손이 가고 본질이 보이니 내적 동기가 강해지고 일의 효율도 높아진다. 비운 자리에 억지로 무언가를 채워 넣으려 하지 않아도 가려졌던 것들이 눈에 보이면서 삶에서 중요한 것들에 대한 마음과 생각이 더 단단해진다. 삶의 온갖 잡음에 주의가 산만해져서 내가 왜 그 일을 하려고 하는지조차 잊는 순간들이 있다. 애쓰고 나서 나중에 후회해 봐야 마음만 쓰리다. 그럴 땐 일단 비우고 기다린다. 비운 자리에 천천히 떠오르는 생각들을 가만히 바라본다. 그 생각들이 때로는 잡생각의 잔재일 수도 있고 내가 이전에 느꼈던 긍정적 혹은 부정적 감정들이 다시 떠오른 것일 수도 있다. 다시 잠재워야 할 잡생각들인지도 모른 다는 이야기이다. 그렇다고 해도 그조차도 영문 모르게 떠밀려 지나갈 수 있는 생각이나 느낌들이 하나씩 고개를 들어 나와 눈이 마주치고 내 안에 존재했음을 인식하는 것만으로 우리는 우리가 어떤 것들을 중요시하는 사람인지, 세상과 소통하는 방법이 어떠한지 알 수 있다.

모래 아래 감춰진 물건의 실체를 보기 위해서는 모래를 일단 쓸어 내야 한다. 모래를 쓸어 내도 남은 모래들이 물건 위에 뿌옇게 얇은 먼지를 남기고 바람이 불어 또 자꾸 모래를 가져다 덮고 덮지만 쓸어 내고 난 후에 방금 얇게 쌓인 모래는 다시 치워 내기가 훨씬 수월하다. 잡생각을 거둬 내는 작업도 마찬가지가 아닐까. 오만 생각들에 갇혀서 출구를 찾지 못하고 버둥거리게 되는 지경에 이르기 전에 불필요한 생각들은 그때그때 거두어 내보자. 그것이 쉴 수 있는 마음의 공간을 만들어 줄 것이고 거둬 내는 과정 또한 나의 마음에 시원한 하늬바람이 불게 해줄 것이다.

그만큼만 :
메모지 쉼

●

'메모지 쉼' : 한계를 정한 자유로움

마음이 어지러워서 쉽게 집중할 수 없을 때가 있다. 집중은커녕 잠깐 쉬려고 해도 이유를 알 수 없는 감정과 정리되지 않는 생각들에 말도 안 되는 시나리오가 머릿속에 가지를 치는 때가 있다. 그럴 땐 손바닥만 한 메모지 한 장에 그 생각들을 적어 내려가 본다. 되도록 메모지를 더 꺼내지도 말고 딱 한 장으로 뻗어 나가는 생각의 가지들도 그 메모지만큼만 허락해 본다. 메모지 안에서만큼은 못난 마음도, 주책맞은 허영도 자유롭다. 미움도 서운함도 부족함도 비난받지 않는다. 그 안에서 만큼은 내 생각도 마음도 자유다.

'성숙한 생각을 해야 한다. 긍정적인 생각을 해야 한다. 긍정적인 시각으로 바라보아야 한다. 미워하면 안 된다. 비판하면 안 된다. 판단하면 안 된다. 이해해야 한다. 마음으로 바라보아야 한다.'

어떠해야 한다는 것들은 왜 이리 많고 안 된다는 것들은 또 왜 그리 많은지. 다 알면서도 내 마음에 올라오는 감정들을 억누르기만 할 수는 없다. 감정들을 건강하게 표출할 수 있는 방법을 알려 주지 않고 단속부터 하니 무언가 해결되지 않은 찜찜함에 낯빛을 흐릴 때도 종종 있다. 그럴 때, 임금님 귀는 당나귀 귀 외치듯 메모지 한 장을 대나무 숲 삼아 내 날것의 감정들을 쏟아 놓는 것만으로도, 그런 감정들을 외면하지 않고 바라봐 주는 것만으로도 아무도 알아주지 않는 것 같아 억울하고 서운했던 마음이 수그러든다. 그리고 메모의 끝자락에는 자연스럽게 상황을 재해석하고 정리한다.

메모지에 생각과 감정을 배출하는 것처럼 생각 정리, 혹은 마음 정리에 가깝다고 생각되는 것들이 쉼이 될 수 있는 이유는 무엇일까? 우선은 생각과 마음을 정리하고 내면의 소음을 줄이는 것은 마음을 안정시키고 정신적으로 휴식을 취할 수 있는 마음의 상태를 만드는 데 도움이 될 수 있기 때문이다. 그런 작은 시도를 빌려 혼란스러운 상황과 마음의 상태를 정리함으로써 내적 평화에 도달하고자 하는 것이다. 또한, 생각을 정리하면 문제에 대한 명확한 시각을 얻게 되어 해결의 실마리를 찾게 되고, 그때 생긴 문제가 해결될 수 있다는 희망은 우리 마음을 편안하게 만든다. 때로는 생각과 감정을 정리하는 이 작은 시도로 창의성과 창조적 사고가 촉진되기도 한다. 머릿속에 있던 생각의 파편들과 내 안에 오래 머물러 있던 감정들이 연결되고 정리되면서 생각하지 못했던 아이디어가 떠오르고 새로운 관점에서 문제를 바라볼 수 있게 된다. 이렇게 얻은 새로운 해결책은 당장의 문제 해결에 도움이 될 뿐 아니라 앞으로 살아 나가면서 만나는 문제들을 판단하고 해결해 나가는 능력치도 높여 줄 것이다.

가장 중요하게는 생각과 마음을 정리하는 과정을 통해 우리의 목표와 가치에 계속해서 주파수를 맞추며 나아갈 수 있다. 종종 우리는 일상의 번잡함 속에서 우리가 가고자 했던 방향을 잊어버리기도 한다. 생각과 마음을 정리하고 다시 평가함으로써 우리는 우리의 목표와 우리가 추구하는 가치를 명확하게 정렬시킬 수 있다.

이쯤에서 쉼에 대한 정의를 다시 한 번 정리해 보자. 쉼은 단순히 비활동적인 상태나 휴식만을 의미하는 것이 아니라, 몸과 마음이 평화롭고 안정되고, 내적으로 정돈된 상태를 의미한다. 이는 마음속의 소음을 가라앉히고, 생각의 혼란을 정돈함으로써 내적으로 안정된 상태를 찾는 것으로 체력을 재충전시키는 것을 넘어 마음의 평온과 주변과의 조화를 찾는 과정이다. 또한, 쉼은 목표와 가치를 재평가하고 명확하게 그리는 것을 포함한다. 삶의 방향성과 의미를 다시 생각하고, 우리가 중요하게 여기는 가치를 확인하는 과정 또한 쉼의 일부가 될 수 있는 것이다.

메모지에 무엇을 적어 볼까?

메모지는 말 그대로 매우 작은 대나무 숲이다. 인간관계의 오해, 그로 인한 서운함과 복잡한 마음들까지 적다가 마구

낙서해 버리다가. 메모지에 적는다고 해결될 것은 아무것도 없지만 그 상황을 어떻게 받아들이고 앞으로 어떻게 행동해야지라는 다짐이 생긴다. 자려고 누우면 챙겨서 해야 할 일들이 줄줄이 떠오를 때가 있다. 그럴 때는 그냥 쭉 리스트로 적는다. 그러면 깜빡하고 안 하면 어쩌지라는 마음에서 자유로워지고 그제서야 잠이 온다. 당장은 좀 쉬어야겠는데 생각들이 너무 많이 떠올라서 쉴 수 없을 때가 있다. 그때도 메모지에 하나씩 떠오른 생각들을 옮겨 놓고 쉬고 난 후에 하나씩 집어들어 생각한다. 그렇게 해놓고 나중에 적어 놓았던 메모지들을 보면 온갖 생각이 동시에 떠오를 때보다 훨씬 더 차분해진 마음으로 메타인지를 활용할 수 있게 되기도 한다. 메모지에 꼭 무엇인가를 글로 쓰지 않더라도 그냥 마음을 내려놓듯이 펜을 굴리며 낙서를 하는 것만도 도움이 된다.

쉼의 방법 중 하나로, 혹은 쉼의 사전 작업으로 하는 이 메모지 활용법은 이처럼 스트레스 상황에서의 대처법 중 하나로 활용해 볼 수 있다. 제한된 자유로 잠시 마음을 쉬고 떠오르는 단어들을 메모지 위에 옮겨 놓고 바라보는 행위의 쉼으로 마음을 들여다보는 것으로 자극과 반응 사이에 공간을 만

Chapter 3

144

들어 '외부 자극이나 변화에 대한 개인의(신체적, 정신적, 행동적)반응'인 스트레스를 관리를 시도해 보자(삼성서울병원 생활습관개선클리닉). 스트레스를 어떻게 해소하는지에 따라서 마음의 상태도 영향을 받는다.

'음주, 흡연, 먹기 습관으로 스트레스를 해소하는 사람이 우울증과 연관성이 높았다.'

- 스트레스의 해소방법과 우울증의 연관성

(정민옥 외 2명, 스트레스 해소방법과 우울증의 연관성,

KJFP(Korean Journal of Family Practice), 2017)

쉼으로 스트레스를 관리하고 해소할 수 있어야 하는 이유가 여기에 있다. 거창한 무언가는 시작을 어렵게 한다. 작은 시도로 지금 시작하자.

계산된 공백 :
의도적으로 만드는
쉬는 시간

,

20분 일찍 나서는 이유

약속된 시간보다 일찍 나서는 것이 한때는 시간 낭비인 것
처럼 느껴졌었다. 하지만 언제부터인가 약속 시간보다 일찍
도착해서 의도적으로 나 자신에게 시간적 여유를 주는 것이
내 심신을 안정시키는 데 도움이 된다는 것을 알게 되었고
그 이후로는 연이은 스케줄로 일찍 출발하는 것이 불가능하
지 않는 한 일찍 나서서 얻어지는 '남는' 시간이 주는 여유를
즐긴다.

도착 시간에 조금 일찍 도착하는 그 짧은 여유 시간을 가

지고는 많은 일을 할 수 없다는 것도 '일찍 도착하기'를 끊지 못하는 매력 중 하나이다. 생각을 한 번 더 해보고 마음을 다 잡고 기껏해야 짧은 글을 읽거나 메모를 남길 수 있을 정도의 시간밖에 안 되지만 그럼에도 일찍 나서는 것의 힘은 생각보다 크다. 일정에 늦을까 봐 가는 내내 마음을 졸이지 않아도 된다는 것은 말할 것도 없고 도착해서 정확한 위치를 찾기 위한 시간이 확보된다는 사실이 마음에 안정감을 준다. 어쩌면 도착해서 남는 시간에 무엇을 할 수 있다는 의미보다 그곳까지 가는 여정에 심적 안정감과 여유를 가질 수 있다는 데에 더 큰 의미가 있는 듯도 하다.

또 하나, 모든 만남과 일정에는 '기대'라는 것이 존재한다. 그 만남과 일정을 통해서 이익을 얻어야겠다는 기대를 말하는 것이 아니라 참여자들 모두에게 유익이 되는 '의미'를 말하고자 하는 것이다. 미팅이든 지인과의 만남이든 혹은 강의 등의 특별한 목적으로 만남이 이루어지는 자리이든 그 자리가 내 삶과 일에 주는 각각의 '의미'가 다 있다. 현장에 도착하기 전에 그 의미를 생각해 보는 여유를 갖는 것과 그렇지 못하는 것에는 큰 차이가 있다. 그냥 함께 앉아 시간이 흐른다고 의미 있어지는 것은 아니기 때문이다. 그래서 만남 전 잠깐 생각 정리를 할 수 있는 시간이 반드시 필요하다.

짧은 여유를 낭비 없이 활용하거나 혹은 맘 편히 의도적으로 쉬려면 내 하루가 큰 계획의 맥락 안에 있어야 한다. 반대로는 짧은 여유를 창의적으로 쉬는 방법을 터득하게 되면 긴 여유 시간에 하고 싶은 것도 생긴다. 찰나의 영감으로 쓰기 시작한 글을 조금 긴 여유를 찾아 마저 쓰고 싶어진다거나, 잠깐 들었던 노래가 나중에 떠올라 다시 듣고 싶어진다거나, 짧게 남긴 메모가 좋은 아이디어의 시작이 되기도 한다. 그렇게 소요 시간보다 20분 정도 더 확보하기 위해 일찍 나선 걸음은 나에게 참 좋은 선물과 같은 시간이 되곤 한다.

쉼에 있어서 여유 시간의 유무는 쉼 자체를 가능하게도 혹은 어렵게도 만든다. 그래서 더 고의로라도 '남는' 시간을 만들어 보려는 시도가 필요한지도 모르겠다. 분주함의 틈새에서 잠깐의 여유를 즐길 수 있는 능력을 갖는 것. 어쩌면 내 시간에 주도권을 뺏기지 않는 시작이지 않을까?

틈새시간 활용 VS. 의도적 쉼 공간 만들기

시간 관리의 측면에서 틈새시간을 활용하는 것은 하루에 목표한 분량의 일을 끝내는 데 꽤 쏠쏠하게 도움이 된다. 물론 한자리에 오래 앉아서 집중해야 할 수 있는 일을 틈새시간에 하려고 덤볐다간 저녁이 되도록 제자리일 수 있음은 주의해야 하지만 작게 쪼갠 일들을 틈새시간에 배치하면 하루가 끝나는 시간쯤에는 꽤 많은 일들을 해치울 수 있다. 물론 부작용도 있다. 하루 종일을 일을 싸짊어지고 다니며 종종거리는 느낌이 든다는 것. 많은 일을 처리했다는 개운함과 뿌듯함, 그리고 바쁜 와중에 자기계발까지 가능하게 하는 틈새시간 활용을 아예 놓을 수는 없지만 종일 일에만 묶여 있는 느낌이 좋지만은 않다. 이것이 집을 조금 일찍 나서는 것처럼 제대로 된 일은 끼워 넣을 수 없는 의도적인 쉼 공간을 생각하게 된 이유인지도 모르겠다. 한숨 돌리는 용도로만 활용할 수 있는 의도적인 쉼 공간은 쉴 줄 모르는 사람들에게는 꼭 필요한 쉼의 장치가 되어 줄지 모른다.

짧은 쉼의 의미

'짧은 쉼'에 동의하는 사람이라면 이미 일과 삶과 쉼의 밸런스를 유지하며 살고자 노력하는 사람보다는 일중독까지는 아니어도 일상에서 일이 차지하는 비중이 큰 사람일 가능성이 높다. '내 분야에서 인정받을 만큼 자리를 잡고 나면은…'이라는 생각에 여유 있는 쉼을 갖지 못하고 쫓기는 마음으로 하루하루 해야 하는 일들을 해치우며, 일이 없으면 일을 찾고 만들어서라도 하는 사람들. 일에서 의미를 찾고 일에서 희노애락을 맛보고 성취하며 성장하고 본인뿐 아니라 주변, 조직, 사회에도 긍정적인 영향력을 끼치며 가치를 창출하는 것에 푹 빠져 있느라 쉴 시간도 없다는 것이 잘못된 것이겠는가. 오히려 그 열정을 오래 유지되도록 돕기 위한 것이 짧은 쉼일 수 있다. 짧은 쉼을 통해 쉼의 순 기능들을 조금씩 맛보다 보면 성공에 대한 정의도 돌아보고 인생의 가치들을 되돌아보게 되는 시작이 될 수 있을 것이다.

일과 삶과 쉼의 밸런스를 잘 유지하고 있는 사람들에게도 짧은 쉼은 유용하다. 집중력을 유지하면서 일을 완수해야 하는 상황에서 흐름을 끊기지 않게 하면서도 중간중간 짧게나마 피로를 풀어 주면서 일의 효율을 높여 줄 수 있는 무기, 소소한 행복을 맛볼 수 있는 나만의 여유 공간으로 활용할 수 있을 것이다.

내가 찾고 디자인하는 짧은 쉼, 나만의 의미는 무엇인가?
무엇을 위해 나는 그 여유를 멋지게 디자인해 낼 것인가?
그런 쉼이 있는 인생을 사는 나는 어떤 존재인가?

나에게 던지는 질문에서 쉼에 대한 정리뿐 아니라 인생의 방향과 의미에 대한 정리가 시작될 것이다.

쉼 디자인 :
쉼을 디자인하다

,

내가 가장 나다워지는 시간

내가 가장 나답다고 말할 수 있는 순간은 언제인가? 사랑
하는 사람들과 함께하는 시간의 가치를 **알고 있는** '내'가 그
들과 함께 시간을 보내고 있을 때. 내가 하는 일의 의미를 **이
해하고** 목적에 맞게 그 일을 하고 있을 때. 내가 무엇을 좋아
하는지 언제 진정으로 기쁜지 **잘 알고** 내가 살고 있는 사회
안에서 어우러지면서도 그런 부분들을 스스로가 존중하고
소소하게 누리며 살아가는 인생일 때. 내 삶에 중요한 순간
들에 사용하는 의사결정들의 판단 기준 즉 내 삶의 중심 가
치가 무엇인지 **명확히 알고** 흔들리지 않는 기준으로 자족하

는 인생을 살아갈 때. 이렇듯 내 인생이 어디를 향하고 있는지 나에게 있어서 그 일들의 가치는 무엇인지 알고 살아가는 순간들에 나는 나다워진다.

나에 대해 알고, 이해하기 위해서 반드시 필요한 것이 '사유할 수 있는 여유'이다. 생각의 공간이 되어 주는 그 여유가 있을 때 비로소 나를 알아 가려는 탐색과 시도들을 할 수 있다. 쉼의 목적이 무엇이든 간에 쉼이 필요하다는 것과 나에게 맞는 쉼이 따로 있다는 것에 동의한다면 다음의 질문에 답해 보며 나만의 쉼을 디자인해 보자.

- 나는 평소에 어떤 감정의 상태로 살고 싶은가?

- 그러한 감정의 상태를 유지하는 것과 쉼의 상관관계가 있다
  면 무엇인가?

- 무엇을 할 때 가장 강하게 그러한 감정을 느끼는가?

- 그러한 감정의 상태를 유지하기 위해서 쉼의 시간을 어떻게
  디자인하면 좋을까?

평온한 일상을 원하는 사람들에게 쉼은 평온함을 강하게 느끼는 활동들로 디자인될 것이고 활기 있고 에너지 넘치는 일상을 원하는 사람은 에너지를 충전할 수 있는 활기찬 활동들로 쉼을 채우고자 할 것이다. 어느 순간에도 흔들리지 않는 평정심을 유지하고 싶은 사람은 쉼을 통해 스트레스를 집중적으로 관리하고 감정을 돌아보고 배출하고자 할 것이고. 높은 집중력을 요하는 일상으로 인해 하루의 대부분을 긴장으로 어떤 감정도 느끼기 어려운 상황이라면 쉬는 동안만이라도 아무 일도 하지 않고 긴장을 풀어 쉼이 끝나고 일상 돌아갔을 때 다시 집중력을 유지하고 싶을 수 있다.

어떤 사람들은 오래 고민할 필요도 없이 쉼에 이전에 경험해 본 적절한 여가 활동을 배치할 수 있지만 또 어떤 사람들은 쉬어 본 적이 없어서 본인이 어떠한 상황과 활동들로 충전이 되고 스트레스가 배출되는지 전혀 알지 못하는 경우도 많이 있을 것이다. 그럴 때는 나만의 쉼의 방법을 찾아 나서자.

아무것도 하지 않음 - 명상 - 음악 듣기 - 걷기 - …

남이 다 하는 뻔한 것들에서부터 시작해서 과거에 좋아했던 활동으로 떠오르는 활동이나 상황들을 조금씩 재현해 보며 나만의 쉼을 디자인하고자 하는 시도를 해보자. 그러한 시도들은 멋진 쉼이 될 뿐만 아니라 밋밋한 일상에 다채로운 색을 입혀 생기 있는 인생을 살게 할 것이다. 내가 좋아하는 것이 무엇이었는지 알게 되는 것은 덤이고 자족하는 순간에 나도 모르게 짓게 되는 편안한 표정들은 얼굴을 마주하는 주변인들에게도 편안한 마음이 들게 할 것이다.

인생이라는 시간의 흘러감은 나에게 흔적을 남긴다. 내가 그 시간들을 어떻게 살아가는지, 어떻게 감당하는지, 어떻게 견뎌 내는지, 어떻게 향유하는지, 어떤 마음을 갖고 인생의 대부분의 시간을 지내는지가 내 모습 구석구석에 남는다. 그리고 쉼을 어떻게 가꾸어 가는지까지도 내가 살아가는 모습에 영향을 미치고 쉼을 통해서 갖는 삶의 여유, 생각의 공간도 결국은 내게 남는 흔적들에 영향을 미친다. 그렇게 쉼을 가꾸는 것이 내 행복이 머물 자리를 만들어 주고 나를 가꾸어 가는 일이 되어 간다.

Step 3

느린 쉼 : 쉼표로 살다

느리게
더 느리게

●

숨이 차오른다. 삶을 음미하고 싶다

삶이 쉼이고 쉼이 삶이 될 수 있을까?

숨 쉬듯 일하고 일하면서도 편안할 수 있을까?

우리가 해야 하는 일들에는 약속과 기한이 있고 스스로의 한계에 도전하고 넘어서서 성장을 이루려면 어느 정도의 스트레스가 있을 수 있다. 하지만 그 모든 과정이 그저 살다 보면 겪어 지나가게 되는 것들로 받아들여지고 편안한 마음이 유지될 수 있다면 좋겠다는 생각을 한다. 인생의 희로애락을 다이내믹하게 겪으며 살아가지만 상황은 그러할지라도 내 안에는 평정심을 잃지 않으며 나를 포함한 내 주변 사람들이 어느 한순간 쉽사리 무너져 버리지 않도록 중심을 잡아 줄 수 있는 힘이 느껴지는 그런 삶의 태도가 연상되는 대목 이다.

빨리빨리 시절

창의성보다 효율성이 중요한 상황에는 뭐든지 빠르게 하는 것이 조금이라도 더 인정을 받곤 한다. 작성해야 할 보고서와 발표 자료들이 줄지어 대기 중인 상황에 빠른 속도는 일을 정해진 기한 내에 맞추어 끝낼 수 있다는 것을 의미함과 동시에 조금 더 많은 자료들을 검토하고 조금 더 풍부한 내용을 보고서에 담을 수 있음을 의미한다. 분담한 부분의 일을 끝내고 다른 업무들까지 관심을 가질 수 있다면 금상첨화이다. 조직에서뿐 아니라 혼자 일하는 상황에서도 효율성은 중요하다. 보통, 일의 속도는 성장의 속도와 정비례한다고 여겨지기 때문에 어떤 상황에서도 손이 빠르고 행동이 빠른 사람들과 프로세스가 선호된다. 하지만 속도만을 중요시하는 상황에서는 실수가 더 있을 수 있을 뿐 아니라 생각할 여유가 부족할 수밖에 없다. 한 걸음 한 걸음은 빠를 수 있지만 큰 방향을 확인할 시간은 부족할 수 있다. 돌아가는 잰걸음보다 정확한 방향으로 내딛는 한 걸음이 목표에 더 가까울 수 있는 이유가 거기에 있다.

느리게 사는 것과 쉼의 관계

느리게 사는 것은 반응의 속도를 늦추는 것을 의미하기도 한다. 외부의 자극에 대해 생각도 판단도 늦춘다. 또한 느리게 산다는 것은 빨리 많이 무언가를 해내느라 쉽사리 지치는 모습과 상반된다. 그렇다고 모든 일을 느리게 했다가는 안 그래도 짧은 하루의 시간이 다 가버리고 쉬기만 할 수 있는 시간이 없어져 버릴지도 모른다. 신경을 많이 써서 빨리 끝내야만 하는 일이나 생각을 필요로 하지 않고 그저 해치워야 하는 일 앞에서는 몸을 빨리 손가락을 빨리 움직이는 것이 맞을지 모르지만 그런 일들을 제외하고 하루 대부분의 템포를 조금 늦춰 본다. 예상했던 시간들보다 조금 더 시간이 걸릴 것으로 생각하고 일찍 시작하고 일의 과정을 즐겨 보는 것. 짧은 쉼의 시간을 따로 넣지 않아도 쉬는 시간이 없다 느껴지지 않을 만큼 그렇게 마음의 여유를 가져 보자.

느리면 답답하다는 생각은 어디에서 비롯된 것일까? 상대의 반응을 기다리는 경우나 일의 대기시간이 다른 사람들에게 영향을 주는 경우에 반응의 속도가 느리다면 '답답하다'는 말을 들을 수 있다. 느리게 살고자 하는 것은 피해를 주더라도 개의치 말자는 의미가 아닐 것이다. 늦춘다는 것은 생각의 속도를 늦춘다는 것이고 가능한 생각이 감정에 닿는 속도를 늦춘다는 것이다. 이를 위해서 산책 등 느린 템포의 쉼의 방법을 택할 수 있다. 쉴 때나 타인에게 지장을 주지 않는 상황에서는 움직임의 속도, 일하는 속도를 늦출 수 있어도 타인과 합의된 일의 속도까지 희생이 되어서는 안 될 것이다. 그렇듯 '빠르게 빠르게'가 꼭 필요한 상황이 아닐 때에는 우리 스스로를 이완시켜 부교감 신경을 활성화시켜 보고자 한다.

'부교감신경이 지배하는 평화스러운 상태에서는 몸이 평형상태에 들어가기 쉬운 상태가 됨을 의미한다… 최소한 교감신경 상태에 들어가지 않는 주변 환경을 조성함으로써 여러 가지 면에서 도움을 얻을 수도 있다. 일례로 음악 및 미술 감상, 편안한 책읽기, 정원 가꾸기, 가벼운 운동, 피크닉, 삼림욕, 영상법, 좋은 친구와의 대화 등이다… 부교감신경 우위나 최소한 중립적인 상태에 놓여 있을 때 우리의 몸은 평형을 되찾게 되면서 치유 상태로 들어가게 되는 것이다.'

(이준남, 스트레스 심할 때 부교감 신경 활성법, 2017, 건강다이제스트)

느림의 멘탈

수레를 적당한 힘으로 밀어 느린 속도를 유지하며 계속 굴리는 것은 어쩌면 빠른 시간 내에 빨리 수레를 굴려 목적지에 닿게 하는 것보다 더 어려운 일인지도 모른다. 느린 템포로 항상심을 유지하며 꾸준히 앞으로 나아가게 하는 것은 체력과 정신력을 동시에 필요로 하는 일이다. 그럼에도 불구하고 느림에 대한 예찬이 유효한 이유는 멈추지 않음에 있다. 지겹게도 느리지만 절대 멈추지 않고 앞으로 나아가는 것은 언젠가는 나를 목적지에 도달하게 하고 또 그 목적지가 내가 본래 지향했던 가치와 그려 왔던 모습에 가장 가까운 모습일 가능성이 크다는 점에서 대단한 힘이 있다. 오랜 시간 천천히 처음의 마음을 유지하고 신념을 간직한 채로 그것이 이루어질 것을 믿으며 천천히 나아갈 수 있는 것은 겉은 느리지만 속은 치열한 자신과의 싸움이다. 생존과 책임감 있는 임무 완수를 위해 필요하다면 언제라도 속도를 낼 수 있는 힘을 가지고 있다는 것도 꼭 필요할 때 불쑥 튀어나오는 반전 매력이다.

결국은 균형

쉼의 방법 중 하나로 느리게 살아가는 것에 대한 이야기를 하고 있지만 결국 우리에게 필요한 것은 균형일 것이다. 교감신경과 부교감신경의 균형, 긴장과 이완의 균형, 흥분과 안정의 균형 그리고 느림과 빠름의 균형. 아직도 빨리빨리와 괄목할 만한 성장의 편인 우리의 눈과 귀에 경쟁과는 거리가 멀지만 우리 삶을 속속들이 채우는 가치들을 천천히 깨달아 채워 갈 수 있게 해주는 그러한 균형이 우리에겐 필요한 것이다. 도무지 '빨리빨리'에서 벗어나기 힘들다면 느린 템포의 활동들을 내 삶에 배치하고 가능하다면 삶 전체의 템포 또한 조금 늦추어 생각의 공간을 조금 더 두어 보자. 반대로 생각의 공간만 가득하고 행동이 부족하다면 쉼을 목적이 확실한 쉼으로 디자인하여 행동에 동기부여를 더해 보자. 내가 지금 어떤 상태인지를 알아서 밸런스를 찾고자 하는 시도는 매 순간 부족함이 있다고 여기는 것과는 분명히 다르다. 오히려 어떤 상황에도 그 상황을 인정하고 나아갈 방향을 아는 것. 거기에서부터 균형을 찾고자 하는 시도는 시작될 것이다.

매 순간에
마음을 담다

●

느끼며 살아가는 하루에 깃드는 쉼

정신없는 하루를 보내다 보면 내 마음이 그날의 순간들에 머물렀다는 느낌이 들지 않는다. 마음은 내 속 저 안쪽 구석에 넣어 놓고 몸만 이리저리 분주하게 움직인 것만 같은 느낌, 머리는 일을 하지만 마음은 이리로도 저리로도 움직이지 않은 것 같은 느낌에 가끔 멍해지기도 한다. 마음을 담는다고 해서 감정적으로 모든 상황에 반응을 하는 것을 의미하지는 않는다. 그저 내 마음이 빼꼼히 고개를 들어 오늘 하루를 나와 함께 살아가고 순간순간을 느끼기를 바랄 뿐이다.

진심이 느껴지는 사람이 되자는 말로 들릴 수도 있다. 그리고 그렇게 살아가면 남들에게서 '진심이 느껴지는 사람'이라는 말을 들을지도 모르겠다. 하지만 지금은 오롯이 내 중심적 관점에서 마음을 일상에 담아 쉼을 누리는 이야기를 해보고자 한다.

표정에서 감정을 지우다

감정에서 반응 혹은 표현까지의 거리가 짧은 사람일수록 표정에서 마음이 잘 보인다. 표정으로 의사소통을 하는 갓난아기의 표정을 가만히 보고 있으면 순간순간 감정의 변화가 그대로 표정에서 드러나는 것을 볼 수 있다. 배고프다고 얼굴을 찡그리며 찡찡거리는 아기에게 우유를 물리면 열심히 입 주변 근육을 움직이며 우유병을 빨아 댄다. 배 부르게 먹은 아기는 찡찡거림은 사그라들고 편안한 얼굴이 된다. 그리고 그제야 반가운 얼굴에 방긋 웃어도 준다. 표정이 생존을 위해 가장 열심히 일을 하는 갓난쟁이의 시절을 지나면 점차 감정을 감추기 시작한다. 슬픔을 가리고 화를 눌러 내리고 기쁨을 감춘다는 의미를 담고 있는 '참는다'는 표현에는 부정적인 느낌보다는 자신의 감정을 컨트롤해서 사회적인 인간으로 살아가는 데 적합한 능력을 의미하는 듯한 뉘앙스가 있다. 즉각적으로 표현하는 사람보다 한 템포 참는 사람이 성숙한 사람인 것으로 여겨지기도 한다. 그렇게 우리는 표정에서 감정을 감추곤 한다. 포커페이스가 잘 되는 것이 능력으로 여겨질 만큼. '감정적'이라는 것은 프로페셔널이 경계해야 할 무언가가 되어 버린다.

그러던 것이 이제는 오래된 대니얼 골먼의 감성 리더십을 끄집어내어 감정을 잘 읽는 것이 좋은 리더십이라며 다른 사람들의 감정을 잘 읽으려면 리더 스스로도 자신의 감정을 잘 읽을 수 있어야 한다고 말한다. 나와 남의 감정을 마주하여 알아차려야 하는 것이 과제가 되어 버린 이상 언제나 그렇듯 많은 리더들이 스스로의 감정을 알아 가려 도전하고 시도할 것이다. 그리 살아오지 않았으니 하루아침에 쉽게 알게 되진 않겠지만 모든 일은 방향이라 하지 않는가. 방향을 잡은 이상 어제보다 오늘은 또 오늘보다 내일은 조금 더 내 감정을 더 잘 그리고 더 깊게 알게 될 것이다.

마음을 알아주는 것에 마치 트렌드라도 있어 왔던 것처럼 이야기했지만 사실 그런 것이 어디 있겠는가. 마음, 감정이라는 것은 인간에게 늘 있어 왔던 것이고 인류의 성장과 퇴보, 정치, 경제, 문화, 교육, 예술에 이르기까지 모든 것에 얽히고설켜 절대적인 영향을 미치고 있는 것을. 다만 그것이 소용없고 거추장스러운 것인 듯 거두어 내고 살아가는 순간들이 얼마나 모순이고 그렇게 흘러가는 시간들에 소중한 순간들이 흩어져 버리고 마는 것이 얼마나 안타까운 것인지를 이야기하고자 하는 것이다.

감정을 알아차리는 한 차원 높은 쉼

마음을 담는다는 것은 그 순간에 내 안에 올라오는 감정을 알아차리고 경험과 감정을 함께 기억하는 것이다. 외부의 자극에 대해서 내 감정은 뭐라고 말하고 있는지 내 마음을 돌보는 것이다. 이때의 감정은 내 상태에 대한 신호이고 성찰의 도구이다. 매 순간 내 감정을 알아차리고자 할 때 나는 그 순간 나에게 필요한 것이 무엇인지 민감하게 알아차릴 수 있

고, 나라는 사람 안에서는 이런저런 자극들에 대해 어떤 감
정이 올라오는지 관찰할 수 있는 민감함이 있다면 나 자체에
대해 조금 더 알게 될 수 있다.

그러한 과정이 쉼이 될 수 있는 이유는 속도와 공간 때문
이다. 마음을 담고자 내 속에서 그것을 끄집어 올리는 과정
은 시간과 그 과정을 바라볼 생각의 공간을 필요로 한다. 그
시간과 생각의 공간이 우리에게는 쉼의 시간과 쉼의 공간을
만들어 준다. 그리고 질 높은 쉼을 쉴 수 있는 마음의 상태를
만들어 준다.

방해하는 것들

멀티플레이, 멀티페르소나 등 앞에 멀티가 붙으면 일단 내
마음은 어디에 가 있는 것인지 헷갈리기 시작한다. 마음을
동시에 여러 곳에 두는 것은 불가능하니 어디에도 없는 것
같다는 느낌이 맞을지도 모르겠다. 또 정리되지 않고 머릿속
을 꽉 채운 생각이 있을 때 지금, 이 상황에 집중하여 마음을

담는 것이 어려워진다. 생각 따로 손 따로인 상황에서는 멀티플레이를 할 때와 마찬가지로 마음이 갈피를 잡지 못한다.

일상을 단순하게 만드는 것. 복잡한 생각을 정리하는 것. 그렇게 내 마음을 지금 이 순간으로 가져오는 것. 일상 속과 머릿속 똬리가 풀려 시원한 느낌이 들고 지금 이 순간의 내 호흡을 인지할 수 있는 상태가 되는 것. 그 자체가 쉼이 될 수 있다. 그 상태에 놓여 아무것도 하지 않아도, 호흡에 오르락내리락하는 내 몸을 느끼는 것만으로도 긴장이 풀어지는 느낌이 든다. 현재를 산다는 것은 내 마음에 미래 혹은 과거의 짐을 지우지 않고 지금 이 순간에 내 앞에 놓인 것들만 마음으로 감당해 내는 것이다. 그 정도로 적당히 마음의 근력을 키우고 부담을 주지 않는 것. 그것만으로도 엄청난 해방감과 쉼을 느끼게 될 것이다.

판단과 욕구
분리하기

판단에서 욕구를 빼라니 너무 인간적이지 않은 이야기 아닌가? 인간이라면 자고로 내 욕심을 견해에 적절히 버무려 내가 보고 싶은 대로 조금 삐딱하게도 보고 그게 사실이라고 굳게 믿기도 하고 혼자 믿는 것도 모자라 다른 사람들에게도 그것이 사실인 것처럼 핏대도 세워 보고 그래야지. 어떻게 사람이 교과서처럼만 살 수 있겠는가? 팔이 안으로 굽는다는 표현이 어찌 편을 가를 때만 이해를 돕겠는가. 내 마음이 쉽게 굽어지는 쪽으로 구부리며 사는 것을 일컬을 때 아주 찰떡이구만.

그럼에도 불구하고 그 어려워 보이는 것을 해보자 시도하려는 것은 성장을 위함이다. 입에 착착 감기는 것은 몸에 좋기가 쉽지 않고 몸에 좋은 것들은 오히려 입에 어느 정도 껄끄럽고 달갑지도 않은 것들이 많지 않은가. 그것과 매한가지다. 나 자신을 위해서 그리고 함께 살아가는 주변 사람들을 위해서, 쓸데없이 속을 끓이는 일을 줄이려면 꼭 해보아야 하는 시도이다.

객관적인 것 VS. 주관적인 것

판단을 할 때에는 주로 객관적 근거 즉, 사실과 데이터를 기반으로 관련 있는 정보 이외의 외부 잡음은 최대한 배제하려고 한다. 이때의 외부 잡음이라고 하는 것에는 일시적인 개인의 감정이나 주변인들의 주관적인 의견 등이 포함된다. 이러한 잡음들로 인한 영향을 최대한 배제하고 상황을 분석하고 평가하여 논리적으로 판단을 내리고자 한다. 이렇게, 보통 판단은 주관적인 요소보다는 다소 객관적인 기준에 따라 이루어지는 것이 이상적이라고 여겨진다. 판단의 과정에 주관적인 요소가 개입이 될 때 혼란이 시작되고 판단이 왜곡

되기도 한다. 그 주관적인 요소에 포함되는 것이 욕구이다. 과거의 경험이나 선입견, 그리고 감정에 영향을 받은 욕구가 상황을 해석하고 판단하는 데 개입하면 이로 인해 실제 상황을 제대로 파악하지 못하고 오해를 불러일으키는 일이 생긴다. 그리고 이러한 주관적인 판단은 우리의 감정을 통제하지 못하게 만들어 심리적인 불안과 스트레스를 초래하기도 한다.

욕구는 개인의 욕망, 가치관, 선호도 등에 의해 형성되며, 주관적인 경험과 감정에 크게 좌우된다. 그렇기에 욕구는 같은 상황에 있는 두 사람에게서 전혀 다른 모습으로 관찰되기도 한다. 한 사람은 성과 내고자 하는 욕구를 가지고 있을 수 있고 또 한 사람은 안정을 추구할 수 있다. 그리고 이 상반되어 보이는 욕구는 서로 다른 의사 결정과 행동을 하게 만든다. 이러한 욕구는 다른 가치관과 그것을 낳은 성장 배경, 주변인들의 가치관까지, 우리가 미처 생각하지 못한 것들을 포함하는 복잡한 요인들로 인하여 내 안 깊숙이 자리 잡은 것이라 좋고 나쁨을 논하기보다는 알아차리고 이해하는 것이 더 나은 접근이 될 수 있다.

앞서 말한 것처럼 판단에 자꾸 개입하고자 하는 욕구를 분리해 내는 것은 우리의 성장에 중요한 영향을 미친다. 판단은 외부적인 정보와 상황에 대한 것이고 욕구는 내적 요인에 해당하는 것이며 우리 내면에는 기존의 규칙과 환경을 벗어나는 것들에 대해 불편함을 느끼고 변화에 저항하는 속성이 있다. 그렇기 때문에 판단에 욕구가 개입되면 판단이 왜곡될 수가 있는 것이다.

욕구가 열정으로의 역할을 하기도 하지만 이처럼 성장을 방해하는 요소가 되는 경우도 적지 않다. 그래서 판단에서 욕구를 배제하여 상황을 객관적으로 바라보고 머릿속과 마음속 복잡함을 정돈하는 과정이 필요한 것이다. 그 과정은 우리에게 편안한 마음을 갖게 하는 쉼과 메타인지로 인한 깊은 통찰력을 제공하게 된다. 주관적인 경험과 감정을 존중하되, 판단에 있어서는 가능한 한 객관적인 시각을 유지하여 실제 상황을 더 잘 이해하고 대처할 수 있도록 하는 노력은 이성과 감성이 균형 잡힌 느낌을 줄 수 있다.

관점의 객관화 그 종착역, 이너피스

이 글에서 중점적으로 이야기하고자 하는 포인트는 성장보다는 번뇌에서 벗어나 쉼의 상태로 들어가는 과정이다. 번뇌에서 벗어나는 것이 성장에 도움이 될 수는 있지만 반대로 성장에 대한 열망은 대체로 쉼에 도움이 되지 않는다. 성장과 쉼 중 무엇이 먼저냐고 묻는다면 지금 이 글에서만큼은 쉼과 쉴 수 있는 외적 내적 환경설정이 먼저이다. 나에게 주어진 '자유 의지'를 '내 삶의 주도권'이라는 이름으로 되찾을 수 있도록 내 마음속 머릿속을 구분하여 정리하고 그것이 자연스럽게 편안한 마음의 상태로 이어지게 하고자 함이다. 어느 순간 의도적으로 쉼을 시작하고 맺지 않아도 일상에서 평온함을 누릴 수 있게 하는 방법 중 하나로 말이다.

매 순간에 마음을 담자는 말과 판단에서 욕구를 분리하여 판단의 관점을 객관화하자는 말이 어찌 보면 반대의 이야기를 하는 것처럼 보이기도 하지만 사실 이 두 가지는 상호 보완적이라고 볼 수 있다. 매 순간에 마음을 담자는 것은 마음의 평정에 주안점을 두며, 그 순간의 감정을 받아들이고 존중하는 것을 의미한다. 이것으로 우리의 내면이 안정된 정서로 자라기를 기대하는 것이다. 반면에 후자는 객관적인 시각을 유지하고 상황을 객관적으로 판단하여 현실적이고 이성적인 결정을 내리도록 돕는 것으로 우리의 판단력을 향상할 뿐 아니라 불완전한 잡음을 가라앉혀 내적 안정과 평온을 유지할 수 있게 하기 위함이다. 따라서 이 두 가지는 상황에 따라 조화를 이루어야 한다. 우리의 감정을 존중하는 과정과 이성적 판단을 돕고자 하는 시도가 서로 보완적으로 작용을 하면 우리는 더 나은 의사결정을 내릴 수 있을 뿐 아니라 내적 안정과 성장을 동시에 이룰 수 있다. 결국은 밸런스가 성장과 쉼에 동시에 맞는 열쇠인 것이다.

마음을
단단히 하기

다른 해석으로 다른 반응 이끌어 내기

실패나 안 좋은 일들을 겪을 때마다, 주위 사람들의 태도나 말로 폭격을 당할 때마다 자꾸 상처를 받고 멘탈이 나락으로 가는 경험이 반복되는가? 좋은 일이 생겼을 때 충분히 기뻐하지 못하고 왠지 모르게 불안해하며 '겸손'을 가장한 때 이른 '걱정'을 나도 모르게 하고 있지는 않는가? 내 감정을 정확히 알기도 전에 다른 사람의 감정이나 반응에 동요되는가? 그렇다면 내 마음의 단단함을 점검해 보자. 어떤 상황에도 쉽게 극단으로 오르락내리락하지 않는 감정에 우리는 단단하다는 표현을 사용한다. 사람도, 힘들 수 있는 상황에서 멘탈을 잘 잡고 자신의 생각을 건강하게 발전시켜 나가는 사람을 볼 때 우리는 '단단한 사람'이라는 표현을 사용한다. 충격에 반응을 하지 않는 것이라기보다 긍정적으로 그 충격을 소화하고 반응하는 것에 더 어울리는 표현이다.

'모든 것이 마음먹기에 달려 있다.'

이런 표현을 우리는 종종 한다. 관점을 달리하면 같은 상황도 달리 보이고 힘들어 보이는 일도 해석을 어떻게 하느냐에 따라서 견딜 수 있을 만한 일이 된다. 그렇게 보면 마음을 단단히 하는 것은 반응뿐 아니라 해석에 있어서의 노력도 필요한 일인 듯하다.

'단단하다'는 표현에는 무르지 않고 쉽게 부러지지 않는다는 의미가 담겨 있다. 쉽게 변하지 않고 원래의 형체를 유지한다는 의미 또한 담겨 있다. 그러니 내 마음이 그러하길 바란다는 것은 쉽게 부서지지 않고 원래의 평온한 상태를 유지하길 바라는 것이 된다. 일어나는 일들에 대한 감정과 행동적 반응은 내가 결정한다. '이런 말을 들으면 상처를 받고 발끈하는 것이 마땅해. '나'를 건드리는 말이니까', '지금의 실패는 내 역량을 대변하는 거야' 등 나의 자조적인 생각들이 나를 절망의 나락으로 밀어 빠뜨린다. 단단해진다는 것은 상황과 나에 대한 해석을 깊고 유연하게 함으로써 나 스스로를 보호하는 것이 포함되어 있는 것이다. 그것 없이 단단함에 대해 이야기하는 것은 '어떠한 상황에도 무너지지 말아라', '낙망한다고 해서 주저앉지 말아라'라고 또 다른 차원으로 나를 몰아붙이는 것이 된다.

이처럼, 마음을 단단히 하는 것의 핵심은 참고 인내하여 반응을 정돈하는 것보다 상황을 해석하는 생각의 알고리즘을 달리하는 것에 있다. 내 의견에 귀 기울이지 않고 무조건 잘못된 생각이라고 이야기하는 상사의 말을 참고 불쾌한 내색을 하지 않는 것이 단단함이 아니라 그 상사가 가지고 있던 조직에서의 성공 공식을 포함한 직장생활에서의 경험 등을 바탕으로 그를 이해하고 상사의 입에서 나오는 '말'을 개인적인 것으로 받아들이지 않을 수 있는 것이 오히려 단단함이라고 할 수 있을 것이다.

단단해지기 위해 필요한 것

　한번 상처를 받아 구부러지고 휘어진 마음을 다독여 바로 잡는 것에는 상상 이상의 에너지와 시간이 소모된다. 상처는 치유의 대상일 뿐 상처받은 경험으로부터의 교훈이라는 것이 도움이 된다고 말하기에는 아픈 기억이 더 강하다. 애초에 상처를 받지 않을 수는 없겠지만 충격을 소화시킬 수 있는 마음의 텃밭을 만들어 볼 수는 있다. 그렇게 단단해지는 데에는 상당한 수준의 자존감이 필요하다. '눈에 보이는 조건들이 나의 가치를 좌지우지하지 않는다', '나는 어떤 일을 해도 탁월하게 그 일을 해낼 것이다', '나의 가치는 내가 하기에 달려 있다. 다른 사람의 평가는 중요하지만 중요하지 않다'라는 생각이 확신으로 내 안에 자리 잡게 되는 자존감은 근거 없는 자신감이나 자기애와는 다르다. 그러한 탄탄한 자존감으로 내 마음에 성을 쌓기 위해서는 숱한 시간 동안 혹독한 평가도 받아 보고 그것을 극복하고 인정도 받아 보고, 나도 남도 나에 대해 알지 못하는 상황에서 성공을 거두어 검증을 해보며 깨닫고 발견한 긍정적인 나의 모습들로 근거 있게 나 자신을 믿어 주는 과정이 필요하다.

그때야 비로소

　단단해져야 비로소 어떤 상황에서도 중심을 잡을 수 있고 이성적인 판단을 할 수 있으며 쉴 수도 있게 된다. 일상을 쉼으로 만들 수 있으려면 마음이 먼저 단단해져야 하는 것이다. 인생은 문제의 연속이다. 무엇이 해결되고 난 후면 마음 편히 쉴 수 있겠다는 것은 현실화가 참 어려운 이야기이다. 쉬어도 쉬는 것 같지 않음의 원인은 내 마음에 있음을 우리는 너무나도 잘 알지 않는가. 그 순간 잠시 토닥여 준다고 쉬지 못했던 마음이 쉬어지는 것은 아니다. 쉴 수 있는 멘탈의 경지와 마음의 단단함을 만들어 나가야 한다.

　마음을 단단히 만들어 나가는 과정은 어찌 보면 참 외로운 길이다. 주변 사람들의 이야기가 살아가는 힘이 될 때도 있지만 그들의 이야기에 주저앉는 일도 적지 않으니 일단은 '마음의 자립'이 필요하기 때문이다. 높은 자존감으로 마음의 자립을 이룬, 단단한 마음을 가진 사람은 격려에 감사하고 비판에 휘둘리지 않는다. 그리고 그런 그들의 모습은 주변 사람들에게 그들과 가까우면 가까울수록 좋은 영향력으로 흘러간다.

그들의 쉼도 마찬가지이다. 감정에 중심이 잡혀 어느 누구에게나 안정감을 줄 수 있는 모습으로, 그들의 쉼을 보고 있는 사람들에게까지 마음에 안정감을 준다. 단단한 마음을 가진 사람의 쉼에서 연상되는 것은 시기와 질투를 불러일으키고 보기에 좋지만 내 삶에 들이기에는 편하지 않는 쉼의 모습이 아니라 별것 없지만 그 안에서 느낄 편안함이 동경이 되는 그러한 쉼이다. 누가 그 장면 안에 들어가도 허례허식 없이 어린아이와 같은 천진난만함으로 그 순간을 누릴 수 있는 그런 쉼 말이다.

휘게
혹은 퀘렌시아

●

함께 혹은 나만의

휘게와 퀘렌시아는 쉼에 대한 이야기가 나올 때 꼭 등장하는 단어들이다. 휘게(hygge)는 덴마크어로 편안하고 아늑한 상태를 말하며, 가족이나 친구와 함께하는 소박한 일상 속에서 느끼는 행복을 추구하는(『행복을 배우는 덴마크 학교 이야기』, 제시카 조엘 알렉산더) 북유럽식 라이프 스타일이고, 퀘렌시아(Querencia)는 스페인어로 피난처, 안식처의 의미로 스트레스와 피로를 풀 수 있는 자신만의 휴식처를 뜻한다. 퀘렌시아는 지친 몸과 마음을 쉴 수 있는 공간이라는 의미를 담고 있어서 항상 붐비는 환경에 둘러싸여 살고 있는 현대인들에게 필요한 개념으로 주목받고 있다. 두 용어 모두 편안함과 휴식을 추구하는 개념이지만, 휘게는 일상 속에서의 작은 행복을 추구하는 것에 중점을 두고, 쿼렌시아는 보다 적극적으로 자신만의 휴식처를 찾아 지친 몸과 마음을 회복하는 것에 중점을 둔다는 차이가 있다.

일부 개념적인 차이는 있지만 두 가지 모두 쉼을 떠올렸을 때 머릿속에 그려질 법한 쉼의 방법들이다. 가까운 사람들과 함께 소소한 일상을 즐기는 것은 그 시간과 장소 자체가 외부와 구별되어 심리적으로 안정감 있는 쉼의 공간이 되어 준다. 긴장이 없고 스트레스가 없다는 것만으로도 그 시공간에 머무는 것 자체가 행복이자 몸과 마음을 이완시키는 힐링이 될 수 있다. 부담 없고 편안한 함께함만큼이나 필요한 것이 쿼렌시아의 구분된 쉼이다. 그 누구도 신경 쓸 필요 없이 오롯이 나 자신의 상태에 집중하여 쉴 수 있는 시간, 생각을 정리하며 동시에 마음을 정돈할 수 있는 시간이 우리에겐 필요하다. 전자와 후자 중 어느 쪽을 더 선호하는가는 각자의 성향에 따라서 그리고 상황에 따라서 달라질 수도 있겠지만 변하지 않는 사실은 어떤 방법으로든 자신에게 맞는 쉼의 방법을 찾아서 리추얼화해 가는 것이 필요하다는 사실이다.

또 그 어원과 원래의 의미의 차이보다 더 중요하게 보아야 할 것은 휴식에 특별한 의미를 담은 단어들이 존재한다는 사실이다. 단지 쉼이 필요하다는 것에서 끝나는 것이 아니라 그것을 중요하게 여기고 단어가 담고 있는 쉼의 방법들을 동경하기도 하고 그에 동참하기도 한다는 것을 생각할 때 쉼에는 그저 생명 유지 이상의 의미가 있음을 짐작할 수 있다. 체력의 회복을 기대하는 것만큼이나 마음이 쉬어 가기를 바란다는 포인트도 간과할 수 없다. 몸이 지친다는 표현만큼이나 많이 쓰는 것이 마음이 지친다는 표현이다. 체력이야 생명이 있는 사람으로서 당연히 한계가 있으니 그 표현이 타당하다 하겠지만 마음에도 같은 표현을 쓰고 그것을 모든 사람이 이상하게 여기지 않는다는 것이 신기하지 않은가. 우리의 마음이라는 것은 어떤 것일까? 눈에 보이지 않지만 마치 눈에 보이는 것처럼, 아무도 그것이 없다고 이야기하지 않는 것이 마음이고 감정이다. 단순히 뇌에서 일어나는 '반응'일 뿐이라고 보기에는 사람에 따라서 천차만별로 나타나고 그 복잡함은 말로 다 할 수가 없다. 몸에만 병이 생기는 것이 아니라 마음에도 병이 생기고 마음의 병을 위해 정신과가 있으며 마음의 병의 증상들도 분명하다. 우리가 쉼을 가질 때 그저 몸이 쉬면 쉼이 될 것 같다는 생각이 있었다면 그것을 바꾸어 체력뿐 아니라 마음력(출처 : 우리말샘)도 회복하고 비축할 수 있는 쉼의 방법들을 나 스스로를 위해 계발해야 하는 이유가 여기에 있는 것이다. 그런 시각으로 휘게와 쿼렌시아를 다시 떠올리면 둘 다 마음을 많이 고려한 쉼의 방법임을 알 수 있다. 휘게와 쿼렌시아는 친숙하지 않은 사람들과 부대끼며 지내는 것이 체력뿐 아니라 정신적 에너지 소모도 상당하다는 것과 체력이 떨어지면 마음도 지치고 반대로 마음이 지치면 체력도 금방 고갈이 되는 몸과 마음의 상관관계로 인해 둘을 함께 고려해야 한다는 의미들이 모두 함축된 개념이다. 그래서 단어들의 뜻을 길게 설명하지 않아도 금방 이해되고 공감을 얻어 이렇게 국경을 넘어서까지 사람들의 환영을 받는 개념들이 되어 버린 것이 아닐까 싶다.

쉬고자 하는 사람의 성향과 상황에 따라 쉼의 형태는 달라진다. 같은 사람이 어느 때는 휘게를 또 어느 때는 쿼렌시아를 원할 수도 있다. 어떤 쉼의 형태이든 변하지 않는 사실은 또 한 번, 우리에겐 쉼이 필요하다는 사실이다. 내가 찾은 쉼을 무엇이라 부르든 그 시간을 통해 다시 살아갈 힘이 생길 뿐 아니라 삶 자체가 짙어지고 다채로워진다. 일과 자기계발로 나의 외면을 성장시킬 수 있다면 나에게 맞는 건강한 쉼의 방법으로 나의 내면을 성장시킬 수 있다. 쉼을 통해 몸과 동시에 마음을 돌보고 생각의 공간을 만들고 함께하는 것만으로도 따뜻한 격려가 되는 사랑하는 사람들과 함께 혹은 혼자만의 시간으로 마음속 저 깊은 곳까지 돌아보고 토닥여 주는 것이 반복된다면 일상으로 돌아간 우리의 삶의 모습은 지속적으로 달라질 수밖에 없다. 건강한 자존감을 갖게 되고 마음이 점점 더 단단해지고 나 자신을 넓은 마음으로 수용할 뿐 아니라 다른 사람들을 이해하고자 하고 그들의 삶의 힘듦에 공감해 줄 수 있는 사람이 되어 가는 것. 그렇게 익어 가는 삶이 너무나 멋지지 않은가.

삶의 향기를 짙게

부디 손닿는 곳곳에 내가 찾은 나의 쉼들을 놓아둘 수 있기를. 언제라도 손 뻗어 삶의 향기를 깨울 수 있도록. 때로는 숨어들어 약해진 숨을 보듬고, 때로는 과감히 마음과 몸을 대자로 늘어뜨리고 시간이 회복시켜 주기를 기다리고, 때로는 몰입하여 내 마음이 즐거워하던 것들을 즐기고, 때로는 긍정에 머물며 생각을 정리하는, 자유롭고도 건강해서 몸과 마음에 유익한 쉼들. 그 쉼들로 살아갈 용기를 충전하고 나에 대한 깨달음이 빈번해져서 내가 좋아하는 것들로 내 삶을 다채롭게 채워 갈 수 있기를 바란다. 나의 여유로움과 단단함에 파급력이 있어서 가까운 사람들과의 연대 안에서 나도 살리고 그들도 살릴 수 있기를 바라 본다.

지금,
돌보기

●

돌보는 것도 기술이 필요하다

엄마가 아이를 돌볼 때를 떠올려 보자. 필요를 돌본다고
이야기할 때 보통 그 필요에 해당하는 것들은 배고픔, 배변,
춥고 더움, 가려움, 아픔 등 육체적으로 아이가 느끼는 불편
함에 대한 돌봄에 짜증이 나고 화가 나는 이유를 들여다보고
그것을 커가면서 화와 짜증 대신 어떻게 달리 표현하고 스스
로 해결할 수 있는지 알려 주는 감정적인 돌봄까지 모두 포
함된다. 가장 가까이서 오랜 시간 서로 돌보는 관계가 되는
것이 부모, 때로는 배우자가 되기도 하고 그 관계가 평생 나
에게 큰 부분을 차지하지만 그것으로 나의 필요가 완벽히 채

워지기는 어렵다. 반드시 나 스스로가 나를 돌보아야 하는 부분이 남는다. 특히나 감정, 마음이 그렇다.

돌보는 것에도 분명 특별함이 있다. 식물을 키우는 것만 봐도 어떤 사람이 키우는 식물은 잘 자랄 뿐만 아니라 죽은 듯했다가도 새잎이 돋아난다. 반면 어떤 사람은 키워 보겠다고 가까이 두는 식물마다 백이면 백 죽어 나간다. 하다 하다 다육이까지 죽이는 지경에 이른다. 그렇다고 한 가지를 잘 돌보고 키우는 사람이 다른 것들도 잘 키운다는 일반화는 위험하다. 그저 무엇이든 잘 돌보는 것에는 분명 '특별함이 있다'는 것을 강조하고자 할 뿐이다. 잘 돌보는 사람은 민감하지만 예민하지 않다. 필요나 상태의 변화를 민감하게 알아차리지만 감정 처리가 매우 성숙해서 예민하게 반응하지 않는다. 공감력이 뛰어나서 이해해 주고 마음을 알아주니 상대의 억울했던 마음도 이내 사그라든다. 그렇게 타인을 돌본 경험이 있다면 나 자신에게도 같은 돌봄을 베풀어 보자. 내 감정을 민감하게 살펴 알아주고 그 감정들을 성숙하게 처리하여 반응하는 연습을 반복할 수 있도록, 스스로가 성장해 가는 모습을 참고 기다려 주자.

마음을 돌보는 가장 현실적인 방법

내 마음을 가장 가까이서 돌보고 지킬 수 있는 사람은 나 자신이다. 외부의 자극으로부터 보호하고 내가 나 스스로에게 던지는 공격이 되는 생각들을 멈추는 것부터가 그 시작이 된다. 거절하지 못하고 어쩔 수 없이 하면서 스트레스를 받는 일이 생기지 않도록 거절을 연습하는 것, 나 스스로에 대해 너그러운 마음으로 실수에 자책하지 않고 관대해지는 것 그리고 체력만큼이나 마음력에 관심을 갖고 몸과 마음을 함께 쉬어 가는 것 등 마음을 돌보고자 하는 실제적인 노력이 필요하다. 그렇다고 이기적으로 살자는 말도 아니다. 사소해 보이지만 사소하지 않은 실천들로 내 마음을 돌보다 보면 다른 사람들에게도 그것이 필요한 것임을 인지하게 되고 그로부터 배려가 시작되었을 때에야 비로소 건강한 관계가 되어 갈 수 있다.

우리의 몸과 마음은 우리의 노력에 반드시 보답을 한다. 노력을 하면 내 상태는 달라질 수밖에 없다는 것을 알면서도 그 효과가 즉각적이지 않고 참고 살면 또 하루의 시간이 간다는 이유로 몸과 마음을 돌보는 것을 미루다가 끝내는 돌보아야 한다는 필요조차 잊고 살아간다. 당장 급하지 않아서, 귀찮아서, 그것이 그렇게 재미있는 일은 아니라서, 해야 할 일이 많고 시간이 아까워서 등 수많은 이유로 가장 중요한 일이 우선순위에서 밀려난다. 그러는 동안 우리의 몸과 마음은 회복까지 점점 더 많은 시간을 필요로 하는 상태가 되어 버린다. '괜찮다'는 말로 힘듦을 자꾸 삼킨다.

지금이어야 하는 이유

우리는 무언가를 미루는 데 익숙하다. 지금 바로 시작하는 것보다 미루는 것이 더 편하기도 하고 살아오던 방식에 변화를 주어 그것이 몸에 배고 자연스러워질 때까지 의식적으로 그리고 의지적으로 새롭게 마음먹은 시도를 반복하는 것이 쉬운 일은 아니기 때문이다. 그렇다. 지금 당장 돌보아야 한다는 말의 의미는 돌보는 것이 긴급하게 필요하다는 말이라기보다 우리에게 중요하고 필요한데 간과하기 쉬운 쉼을 자꾸 미루는 습관을 점검해 보자는 말에 가깝다.

쉼을 잃으면 삶을 잃는다. 그 분명한 사실을 너무나도 잘 알면서도 우리는 제대로 된 쉼을 갖고자 하는 노력을 하지 않는다. 쉼에 노력이 필요하다는 사실을 받아들여 나의 쉼을 점검하기에는 쉼이라는 것이 어려워서 미루는 무언가가 아니기 때문이다. 그것이 가지고 있는 효과나 힘에 대해서도 진지하게 받아들이는 것보다 축소시키는 것이 더 쉽다. 우리가 쉼을 미루는 것은 그런 느낌이다. 어려워서 미룬다기보다, 그 중요성을 모른다기보다, 경각심을 갖지 않으면 잘 챙겨지지 않고 쉰다고 해도 그것을 제대로 된 쉼으로 만들고자 하는 노력을 하게 되지 않는 그런 것이다.

지금이어야 한다. 질 높은 쉼이 나의 삶의 질을 끌어올려 줄 수 있다는 것에 동의한다면 지금이 아닐 이유는 없어 보인다. 나는 어떤 쉼에서 활력을 되찾을 수 있을까. 어떤 쉼이 나를 오히려 소진시키고 어떤 쉼이 나를 충전시켜 왔나. 스스로에게 질문을 던지고 답을 하는 과정을 통해서 이미 나다운 쉼을 알아 가고 그것을 경험하게 된다. 나 자신에 대한 가벼운 탐구를 시작하고 싶은가? 그 시작은 나에게 맞는 쉼을 찾는 것이 될 수 있다. 나에게 맞는 쉼을 끌어안고 나의 감정을 소모시키는 것들을 거절하고 나의 인간다운 실수들에 너 그러워지는 것만으로도 내가 아는 나라는 사람의 원은 점점 넓어져 간다. 내가 가장 나다워지는 순간은 어찌 보면 내가 가진 역량을 끌어올려 최대치로 발휘하고자 산처럼 솟아 긴장한 어깨에 힘을 주는 순간이라기보다 힘을 빼고 내 안에서 일어나는 일들에 귀를 기울여 고인 감정의 물이 흐르고자 하는 방향으로 자연스럽게 길을 터주는 순간이 아닐까. 날숨에 '하아…' 하고 막혔던 숨이 터져 가슴이 시원해지는 순간 그때서야 날것의 나와 만나게 되는 것인지도 모른다. 질문하자. 알아 가자. 그렇게 나스러운 쉼을 찾아 쉬어 가자. 방해물은 자꾸만 거두어 주고 지금 당장 '쉼'으로 소소하지만 진짜 나와 만나는 유레카를 경험해 보자.

Step 4

무엇이 달라질까?

긍정에너지 VS.
부정에너지

백설 공주에 나오는 여왕은 계속해서 백설 공주를 죽이려는 시도를 한다. 어른들은 종종 사람을 볼 때 하나를 보면 열을 안다는 말씀들을 하신다. 뒤 담화를 하는 집단은 만났다 하면 뒤 담화다. 엉덩이 떼면 내 뒤 담화가 시작될까 봐 화장실도 못 간다. 불평은 불평을 낳고 불평을 달고 살면 어떤 상황도 긍정적으로 보기 어렵다. 나 자신에 장점을 하찮은 것으로 치부하는 버릇은 쉽게 고쳐지지 않고, 결국은 내 자식한테까지 같은 패턴의 말들을 내뱉고 만다.

심리학자인 대니얼 카너먼(Daniel Kahneman)과 아모스 트버스키(Amos Tversky)가 이야기한 앵커링 효과라는 것이 있다. 사람들이 앞서 경험한 인상적인 숫자나 상황 등이 그 이후 판단과 결정에 영향을 준다는 것이다. '닻을 내리다', '정박하다'라는 뜻의 앵커링은 우리의 생각과 행동 패턴이 우리도 모르게 닻을 내린 그 지점으로 자꾸 돌아가려고 하는 습성을 가지고 있음을 설명한다.

마침표 대신 쉼표를 찍고자 하는 것은 나 스스로를 긍정에 앵커링 시키려는 시도라고 말할 수 있다. 부정적이면서도 극단적이고 단정적인 생각을 하는 상황에 쉼표보다 마침표를 찍게 되었던 경험을 떠올려 보자. 이때의 마침표는 번아웃에 하던 일을 놓아 버리고자 하는 것으로 잠시 앉아 한숨 돌리며 나의 의사결정에 성급함을 털어 내고 중장기적으로 그 시점에 내리고자 하는 의사결정이 내 인생에 어떤 영향을 미칠 것인지 생각해 볼 시간적 여유를 갖자는 의미의 쉼표와 대비된다. 마침표도 마침표 나름일 터 마침표에 부정적인 의미만 있는 것은 아니지만 가장 적절한 순간에 후회 없는, 가장 아름다운 마침표를 찍기 위해서는 나 자신을 돌아보는 긍정의 쉼표가 반드시 필요하다.

답이 보이지 않는 어려운 상황 가운데에서 긍정적인 시각으로 한줄기 빛이 들어오는 탈출구를 찾아내어 그 상황을 극복하고 성장해 가는 경험을 지속적으로 쌓아 나가는 것이 중요한 이유도 같은 맥락일 것이다. 긍정적인 에너지에 가까운 경험들은 우리로 하여금 긍정에 앵커링되어 자신감을 갖게 하고 감정과 의식 수준이 긍정에너지에 머물도록 한다. 그리고 긍정에너지에 머물면 신기하게도 크고 작은 성공 경험들을 계속적으로 하게 되는 선순환을 맛보게 된다.

**긍정을 선택하는 것은 나와 내가 속한 세계에
어떤 영향이 있을까?**

데이비드 호킨스는 그의 책 『의식 혁명』에서 우리는 매 순간 긍정에너지 패턴과 부정에너지 패턴 중 '선택'을 하며, 그 선택은 나의 삶뿐 아니라 나와 연결되어 있는 모든 것에 영향을 미친다고 이야기한다.

강한 - 위력적인   돕는 - 간섭하는

겸손한 - 소심한   용기 있는 - 무모한

공감하는 - 동정하는   자발적인 - 충동적인

권위 있는 - 독단적인   정직한 - 합법적인

〈긍정적 패턴 VS. 부정적 패턴 中, 의식혁명, 데이비드 호킨스〉

　나는 어떤 상태일 때 긍정적 패턴을 선택하고 어떤 상태일 때 부정적 패턴을 선택하는 경향이 있을까? 앞서 말한 앵커링이 우리로 하여금 습관적으로 긍정적 혹은 부정적 패턴을 선택하게 할지도 모른다. 하지만 그것 외에도 우리의 선택에 영향을 주는 요소들이 있다. 나의 육체적 정신적 컨디션도 그에 속한다.

　육체적 정신적으로 컨디션이 좋지 않을 때는 발전적인 생각보다 짜증과 불평을 많이 하게 되고 하고자 하는 일에 리스크들만 떠오르는 등 부정적인 생각을 주로 하게 되는 경험을 해보았을 것이다. 그와 반대로 컨디션이 좋을 때에는 어떤 일도 해볼 수 있을 것 같은 용기가 생기고 좋은 결과로 이어질 것이라는 좋은 예감마저 든다. 이것이 우리에게 적절한 쉼이 필요한 이유이고 그래서 쉼이 자기 관리의 수많은 방법들 중 한 가지가 될 수 있는 것이다. 쉼에도 질(quality)이 있는 법, 그냥 쉼이 아니라 나에게 맞게 디자인된 쉼이 필요하다. 나에게 맞는 쉼은 너무나도 매력이 있어서 필요할 때 자연스럽게 자꾸 찾게 되고 쉼을 누리면 누릴수록 자아가 건강해진 나 자신과 잘 지내는 법을 터득한 사람이 사회에 나가서도 다른 사람을 존중하며 건강한 관계를 만들어 나갈 수 있을 것임은 당연하다.

부정적이고 단정적인 마음이 올라온다면 잠시 쉬며 심호흡을 해보자. 불편한 감정은 날숨에 실어 내보내고 시원한 들숨을 마음껏 들이켜 마음에 여유를 주는 시도를 해보자. 부정을 밀어내고 긍정을 되찾아 오는 쉼표로 긍정적 영향력은 물론 그 기운으로 나 자신이 긍정에 둘러싸이는 경험을 쌓아 가보기로 하자.

쉼으로 긍정적 패턴에 머무는 사람

쉼으로 자기를 관리해서 긍정적 패턴에 머물고자 시도하는 사람은 긍정적인 시각으로 상황과 상태를 바라보기 때문에 성장 잠재력이 열려 있다. 성장 잠재력이 열려 있는 사람은 실패에 낙심하여 멈추지 않고 잠시 쉬었다가 다시 시도한다. 긍정과 부정의 패턴은 있는 그대로의 현상이 아니라 현상을 보고 생각과 판단을 가미한 해석이기 때문에 긍정과 부정 중 어떤 선택을 할 것인지는 우리에게 달려 있다. 그 선택에 따라 우리의 감정은 나락으로 가기도 하고 버틸 만한 것이 되기도 하고 거만하여 독선적이 되기도 혹은 감사로 더 여유로운 마음을 갖게 되기도 한다.

무엇이 무엇에 영향을 주는가 하는 것은 닭이 먼저인가 달걀이 먼저인가를 논하는 것과 같다. 중요한 것은 무엇이 먼저인가가 아니라 순환적 논리를 이해하고 자기 관리로서의 쉼에 실제로 적용하는 것이다.

감정
바이러스

하품처럼, 도미노처럼

옆 사람이 하품하는 것을 보면 나도 덩달아 하품이 나올 때가 있다. 하품처럼 감정도 전염이 된다는 사실을 우리는 경험적으로 알고 있다. 심리학에서는 감정의 전염(emotion contagion)을 '다른 사람의 얼굴 표정, 말투, 목소리, 자세 등을 자동적이고 무의식적으로 모방하고 자신과 일치시키면서 감정적으로 동화되는 경향'으로 정의한다. 자주 우울해하는 사람은 가까이에 있는 사람의 감정까지 우울감에 젖게 만들고 슬퍼하는 사람 옆에 있을 때는 함께 슬퍼진다. 또 환하게 웃는 사람을 보고 있으면 같이 기분이 좋아진다. 이처럼 나의 긍정적인 혹은 부정적인 감정은 내 주위에 영향을 끼치고 퍼져 나간다. 와튼 비즈니스 스쿨의 시갈 바르세이드 (Sigal Barsade) 교수는 '구성원들의 감정은 섬처럼 동떨어져 있는 것이 아니다. 구성원들은 '감정 유발자'로서 자신의 감정을 타인에게 끊임없이 퍼뜨리고, 타인의 감정에 영향을 받는다. 특히, 그룹으로 일할 때, 구성원들의 감정이 바이러스처럼 함께 일하는 동료들에게 전염되는 것을 볼 수 있다'고 말한다. 시카고 대학의 존 카시오포(John Cacioppo) 심리학과 교수는 부정적인 감정이 긍정적인 감정보다 더 잘 전염이 된다고 주장한다. 그는 연구를 통해 '공포, 슬픔 등의 부정적 감정은 즐거움 등의 긍정적인 감정보다 인간의 생존 본능에 직접적으로 연결되어 있기 때문에 감정 표출도 더 크게 나타나고, 주위 사람들도 자신의 생존 위협을 감지하며 부정적 감정에 더 민감하게 반응한다'고 이야기한다. (송주헌. 구성원들의 부정적 감정, 전염성 높다. LG Business Insight, 2012 8 8, pp. 26-32.)

컨디션은 감정을 좌우하고 그 감정은 퍼져 나간다

우리는 이렇게 감정이 전염되는 현상을 '바이러스'에 빗대어 표현한다. 그만큼 빠르게 퍼져 나간다는 것이고 감정이 전이되는 현상이 한번에 이해되는 비유적 표현이다. 한 사람에게서 다른 사람들에게 또 더 많은 사람들에게 퍼지는 것을 상상해 보자. 그것이 좋은 감정이든 나쁜 감정이든 그 감정의 색으로 주변이 넓게 넓게 물들여진다. 곁에 있으면 그 색이 조금 묻기도 하고 왕창 같이 물들기도 한다. 내 마음의 컨디션을 관리하고 유지하는 것이 단지 나 자신을 위한 것이 아니라 주변 사람들뿐 아니라 내가 속한 집단과 사회를 위한 것이 될 수 있는 것이다. 쉼이 때로는 이기적으로 느껴져서 미루고 있었다면 한번 생각해 볼 필요가 있다. 내가 좋은 상태일 때 주변 사람들과 함께 웃고 함께 편안할 수 있다는 것을 말이다. 한 사람이 정신적으로나 육체적으로 건강한 상태를 유지하는 것이 가까운 주변 사람들뿐 아니라 계속 퍼져 나가는 바이러스처럼 파급 효과가 있을 수밖에 없다면 학교나 회사 같은 집단에서도 구성원들 감정 관리와 휴식에 대한 인식 또한 달라져야 하는 것이다. 더불어 구성원으로서

한 사람이 가지는 파급력을 이해하고 각자가 자신의 감정과 쉼을 관리하고자 하는 자세도 필요하다. 파급력이라는 말로 짐을 지우고자 한다기보다 우리 한 사람 한 사람이 중요함을 알고 자신을 존중하고 중요한 존재로 관리해 주자는 말이다. 도전적이면서도 삶의 의미를 담은 목표를 꿈 꿀 때에, 쉼 없이 나를 몰아가는 것보다는 질 좋은 쉼을 디자인해서 삶 안에 적절히 배치하는 것이 나의 웰빙을 넘어서 자기계발의 출발점이 되어 줄 것이다.

퍼져 나가는 것의 매력

그러고 보면 우리는 감정의 변화에 참 다양한 특성의 의미를 부여한다. 감정이 '상했다'라는 표현으로 마치 음식처럼 먹을 수 없게 맛과 모양이 상해 버린 상태를 연상시키기도 하고, '깨진' 마음이라는 표현으로 원래는 고체처럼 단단하던 상태가 손상된 듯한 이미지로 의미를 전달하기도 한다. '동화되었다'는 표현으로 같은 모양이나 상태로 따라 닮아감을, 그럴 수 있는 것이 감정이라는 것임을 표현하기도 한다. 눈에 보이지 않지만 존재한다는 것에 누구도 반박할 수 없고 그것을 한 가지 모양이나 상태로 그 누구도 단언할 수 없는 이 감정이라는 것이 이제는 퍼져 나간다고 이야기한다. 긍정적이고 밝은 에너지의 사람들 주위에 사람들이 모이고 그런 사람들과 가까이하고 싶어 하는 것은 인간의 본능이기도 하다. 좋은 사람과 가까이 하고 그렇지 않은 사람과는 가까이 하지 말 것을 충고하는 근주자적근묵자흑(近朱者赤近墨者黑)이라는 말도 그 시작은 감정을 포함한 사람의 에너지가 흘러가기 때문일 것이다. 그래서 무언가가 퍼져 나간다는 것은 주변을 변화시킬 수 있는 무한한 가능성과 동시에 집단이나 사회에서 일어나는 일들에 대한 연대적 책임감을 떠올리게 한다.

건강한 쉼으로 나 자신을 관리하는 것은 나 자신의 삶을 성공적으로 살기 위해서뿐 아니라 함께 살아가는 이들을 위함이다. 영향을 주고받을 수밖에 없는 유기적인 존재가 인간이라면 성숙하게 소화시킨 감정, 행동, 에너지를 주고받을 수 있도록, 그것을 가능하게 하는 쉼을 가져 보자. 긍정의 에너지로 좋은 영향을 흘려보낼 수 있는 사람, 그런 사람이 바로 우리니까.

성장 욕구를 자극하는
쉼 디자인

'디자인'의 의미

디자인이라는 표현에는 '의도'나 '계획'의 이미지가 떠오른다. 무엇인가가 그냥 만들어지지 않고 디자인이 되었다고 이야기할 때에는 그것이 주변과 어울리는지 미적 요소뿐 아니라 기능적인 부분이나 파생되는 효과까지 고려되었을 것이라는 생각이 든다. 더 나아가서 그것이 실제 환경과 상황에 있는 모습이 눈앞에 그려지는 듯한 느낌을 받는다.

사전적인 의미로도 디자인은 '지시하다·표현하다·성취하다'의 뜻을 가지고 있으며, 관념적인 것이 아니고 실체이기 때문에 어떠한 종류의 디자인이든지 실체를 떠나서 생각할 수 없다'고 한다. 또 디자인은 주어진 어떤 목적을 달성하기 위하여 여러 조형요소(造形要素) 가운데서 의도적으로 선택하여 그것을 합리적으로 구성하여 유기적인 통일을 얻기 위한 창조 활동이라고 설명한다. (두산백과)

쉼을 염두하고 위의 정의를 되짚어 보면 이 책을 통해 하고자 하는 말과 너무나도 딱딱 맞아떨어진다. 쉼을 디자인한다는 것은 추상적인 개념이 아니라 실제로 그렇게 쉴 수 있는 것이어야 한다. 생각만 한다고 되는 것이 아니라 진짜 내 인생에 적용될 수 있는 쉼이어야 하는 것이다. 쉼을 디자인하고자 하는 것에는 목적이 있다. 그 목적이라는 것에는 단지 일적인 성과나 성공만을 의미하는 것을 넘어서 쉼이 삶이나 일에 중요한 역할을 하고 영향을 미친다는 의미가 있다. 또, 모든 시간이 서로 영향을 미치지만 우리는 지금 쉼을 '의도적으로 선택하여' 그것을 나머지의 시간들과 '유기적으로' 연결시키고자 하는 것이다.

디자인에는 능동적인 의미가 담겨 있다. 쉼을 디자인한다는 표현에는 예상치 못하게 시간이 남아서 쉬는 것과 같지 않고 또 그 시간을 그저 흘려보내는 것과는 구분되는, 나에게 맞는 쉼의 방법들과 타이밍들을 찾아 나의 시간들 안에 적절히 배치하자는 의미가 있다. 때로는 매우 전략적으로 그리고 때로는 내 안의 목소리를 충분히 반영해 가며 쉼도 그렇게 챙겨 보자. 이 세상에 쉼이 없이 살아갈 수 있는 사람이 있는가. 없다면 나의 쉼을 정의하고 디자인한다는 것은 누구나 해야 하는 무언가이고 해결해야 하는 과제이다. 쉴 시간을 내는 것도 쉽지 않은데 쉼을 디자인하기 위해 탐색하고 신경을 써야 한다니 가벼워만 보이는 쉼이라는 것에 그럴 만한 가치가 있는 것인가 의문을 제기하고 싶은 마음도 들 테지만 역시나 앞서 이야기한 이유들로 쉼은 필요하고, 그것도 나에게 맞는 쉼은 필수적이다.

쉼을 디자인한다는 것

어느 날 갑자기 큰맘을 먹고 앉아서 새해 계획 세우듯 쉼을 그려 볼 수도 있겠지만 그보다는 먼저 살면서 경험했던 나에게 맞는 쉼에 대한 기억의 파편들을 모아 이리저리 맞춰

보는 모습이 가장 먼저 떠오른다. 의도가 있지만 경직되거나 부자연스럽지 않고 하지만 쉼을 반드시 필요한 것으로 인식하고 끊임없이 찾아 시도하다 보면 쉼이 사리를 잡아 가고 그에 따라 점점 더 내 인생 전체가 안정을 찾아갈 것이다. 쉼의 시간들이 인생 우여곡절의 완충작용을 하기도 하고 현실의 장벽을 뛰어넘는 창의적인 꿈을 꿔볼 수 있게도 하고, 삶을 음미하게도 한다. 처음부터 나에게 딱 맞는 것을 한 번에 찾아낼 수는 없을 테지만 시도가 거듭될수록 쉼의 방법도 점차 섬세하게 다듬어져서 세상을 살아 나가는 비밀병기 노릇을 하게 될 것이다.

따뜻한 차 한 잔을 앞에 두고 천천히 마신다. 혼자 들고 앉는 차나 커피를 다 끝낸 적이 별로 없는 나는 그 차를 다 마실 수 없을 가능성이 더 크다. 그저 차를 마신다는 핑계로 자리에 앉았다는 것에 의미를 둔다. 그러니 한 잔을 다 마실 필요는 없다. 복잡한 생각들은 하지 않는다. 나른해지면 눈을 잠시 감기도 한다. 그렇게 10분. 따뜻한 차를 준비하고, 잠시 차를 마시고, 다시 일로 돌아가기까지의 시간을 합쳐서 총 20분 남짓 시간을 확보한다.

책 한 권을 들고 식탁에 앉는다. 나에게 있어 쉼을 위한 독서는 정보 습득을 위한 독서와 그 방법이 조금 다르다. 빠르게 읽어 내려가면서 진도를 빼려고 애쓰지 않고 적용 포인트를 찾는 느낌보다 단어와 단어의 연결을 눈으로 따라가는 느낌 정도로 만족한다. 주의를 분산시키지 않고 모아서 글자 위에 올려놓는다는 느낌 정도면 충분하다. 그렇게 천천히 읽다 보면 최근에 했던 생각들이 드문드문 떠오르고 그 생각들이 재배열되기도 정리가 되기도 한다. 생각의 양이 많은 것은 아니기 때문에 쉬고 있다는 느낌을 충분히 받을 수 있고 동시에 쉼의 시간이 지루하지 않게 되는 효과까지 있다.

엄청나게 유별나거나 특별할 필요도 없고 쉼을 위해서 시간과 공간을 따로 구분하면 좋겠지만 모든 쉼이 그럴 수도, 그럴 필요도 없다. 작정하고 떠난 쉼보다는 일상에서도 실천하기 쉬운 쉼들이 더 적용 가능성이 높고 유용할 수 있다. 별것 아닌 이런 잠깐의 쉼이 우리에게는 오히려 나머지 시간의 효율성을 높여 줄 수 있는 장치가 되어 준다.

쉼을 '디자인'을 한다는 표현에는 먼저 '쉼에 대해서 생각을 해본다'는 의미가 담겨 있다. 디자인된 쉼의 결과가 어쩌면 평소 여가시간에 내가 취미로 하는 것들과 크게 다르지 않을 수도 있지만 그것들을 쉼과 연결시키는 과정을 통해서 평소 깨닫지 못했던 나의 모습들을 알게 되고 그 시간에 머무는 내 마음이 달라지고 그 시간을 대하는 내 시각이 달라진다. 그리고 무엇보다도 쉼을 디자인해 가는 과정 자체가 또 다른 쉼이 되어 줄 것이다. 지금 나에게 이 과정이 그러한 것처럼.

디자인이 별것인가 싶지만 직접 해보면 별것이 맞다. 누구에게도 어려운 개념이 아닌 쉼이라는 단어 하나로 써내려 갈 시간들에 우리는 나 자신에 대한 철학을 담고 상황을 점검하고 그 상황 안의 나를 그려 본다. 어려운 개념이라서 별것이라는 것이 아니라 어렵지 않은 개념을 의미 있게 만들어 주기 때문에 별것이라고 하는 것이다. 나 자신에게 의미 있는 시간으로, 그리고 내가 중요하게 생각하는 것들을 위한 의미 있는 시간으로 쉼은 디자인되어 간다.

쉼 그 후,

우리가 쉬고자 하는 쉼은 성장 욕구를 자극하는 쉼이다. 그리고 그 성장의 방향은 각자에게 달려 있다. 쉼으로 내 안을 여유롭게 가꾸어 크게 보고 멀리 보고 한 발자국 떨어져서 바라볼 수 있게 하기 위한 쉼이다. 쉼 그 자체로도 인생을 돌아보게 하여 가치가 있다 할 수 있지만 한 발 더 나아가서 그 이후를 위한 것, 인생의 가치와 목적을 지속 가능하도록 만들어 주는 것이라 또 가치가 있다고 할 것이다.

Chapter 4 변하웃이 오지 않는 물

쉼표 셀프코칭의
의미

코칭이라는 단어가 낯설기도 하고 누군가가 나에게 '조언을 하는 것'으로 오인해서 반감 혹은 거리감을 느끼는 경우들이 종종 있다. 하지만 코칭이 무엇인지 제대로 알고 나면 그 생각이 조금 달라질지 모른다. ICF(International Coaching Federation)에 따르면 코칭은 고객과 함께 그들의 생각을 자극하는 창의적인 과정으로, 그들의 개인적이고 전문적인 잠재력을 극대화되도록 영감을 주는 것이다. ('Coaching is partnering with clients in a thought-provoking, creative process that inspires them to maximize their personal and professional potential.') 주로 질문과 경청 그리고 반영으로 고객과 파트너십을 이루어 가는 것이 코칭의 방법인데 나라는 고객의 코치가 나 자신이 되었을 때 그것을 셀프코칭이라고 한다. 전문코치에게 코칭을 받는 것도 물론 좋고 필요하기도 하겠지만 내가 나 자신의 코치가 되어 준다면 그것은 인생을 살아감에 있어 또 하나의 든든한 무기가 된다. 쉼표코칭(이 책에서는 쉼 코칭을 쉼표코칭으로 명명하고자 한다)은 더욱이 그것을 위해 코치를 고용해야겠다는 생각을 하기가 쉽지 않을 수 있다. 중요한 것은 알지만 그것을 위해 나 스스로 무엇인가 시도해 보기도 전에 코치를 먼저 찾게 되지 않을 가능성이 높기 때문이다. 그래서 더 셀프코칭 방법을 알고 장착할 필요가 있는 주제가 쉼이다.

자기 관리

자기 관리라는 영역에 있어서 중요한 역할을 할 수 있는 것이 바로 이 쉼표코칭이다. 자신에게 필요한 것이 무엇인지를 돌아보고 그 필요를 채워 주고 자신을 돌보는 자기 관리를 쉼을 통해서 할 수 있기 때문이다. 몸과 마음에 녹슨 곳이 오래 방치되지 않도록 닦아 내고 기름칠 해서 건강한 상태를 유지하는 것이 쉼의 여유를 통해서 가능해진다. 그리고 그 여유가 자신에 대해서 조금이라도 더 알아 갈 수 있는 자기 인식의 단서들까지도 제공해 준다. 자기 관리가 한 개인의 지속 가능성을 높인다는 것은 당연한 논리이다. 수신제가 치국평천하(修身齊家 治國平天下)라고, 내 몸과 마음이 지켜지지 않았을 때에는 그 이상 한 발자국도 나아갈 수 없고 나아갈 의미도 없어지고 만다.

성장 관리

쉼표 코칭은 코앞만 보고 달리던 내 어깨를 감싸 안아 한 발자국 뒤에 서서 조금 멀리, 조금 더 큰 그림을 보게 해준다. 성장의 속도를 높여 주는 성장 관리라기보다 성장의 방향을 점검하게 해서 때로는 목적지에 더 빨리 갈 수 있게도 해주는 성장 관리라는 의미에 가깝다. 이와 관련된 에피소드 하나가 있다. 독일에 출장에 갔을 때의 일이다. 목적지까지 가는 길을 전혀 모르는 상황에서 GPS 조작까지 서툴러 버벅이느라 출발이 늦어지고 있었는데 운전대를 잡은 동료가 마음이 급한 나머지 목적지까지의 소요시간을 줄여 보겠다고 일단 출발을 했다. 그런데 GPS의 목적지 설정을 하고 보니 목적지와 정반대 방향으로 차가 가고 있는 것이다. 목적지까지의 소요시간을 줄이기는커녕 U턴까지 가서 되돌아가느라 GPS 없이 간 시간 이상만큼 고스란히 더 걸리게 되었다. 한번만 그런 일이 있었으면 뭔가를 깨닫기는커녕 기억에도 남지 않았을지도 모른다. 그런데 몇 번이나 더 같은 실수를 반복을 했고 그런 후에야 GPS로 제대로 된 방향을 잡고 나서 출발을 했다. 속도보다 더 중요한 것이 방향이라는 것을 체감하게 해준 귀한 경험이었다.

성장은 일적인 업적이나 성과만을 이야기하는 것이 아니다. 인격의 성숙이나 자기와 삶에 대한 이해를 높여 가는 성장 또한 우리에게는 매우 의미 있고 중요하다. 모든 것에 밸런스가 중요하듯이 성장 또한 이렇게 외적 성장과 내적 성장이 균형을 이룰 때 비로소 참 의미의 성장이 되고 주변에도 좋은 영향력으로 흘러갈 수 있을 것이다.

남녀노소 할 것 없이 바라는 것이 '행복'이다. '목표'나 '꿈'이라는 것도 결국은 행복과 연결된다. 행복을 원하지만 먼 곳만 바라보았다면 이제는 멀리 있는 줄로만 알았던 행복을 끌어다 내 가장 가까이에 놓을 수 있는 것이 내 쉼표를 점검하는 일이다. 행복이 항상 그곳에 있었음을 깨닫게 되는 시간들은 삶의 요소요소를 조금은 더 긍정적으로 바라보는 시작점이 되어 준다. 쉼표코칭을 통해 나에게 맞는 쉼을 디자인해 가는 과정에서 각박했던 삶에 여유가 생기고 그 여유의 틈에 행복이 찾아든다. '소확행', 작지만 확실한 행복이라는 말에 공감하고 나의 소확행을 찾아보고자 시도했던 적이 있는가? 한경 경제용어사전에는 소확행이라는 단어의 설명에 무라카미 하루키의 수필집에 등장하는 행복의 정의를 인용한다. '갓 구운 빵을 손으로 찢어 먹는 것, 서랍 안에 반듯하게 접어 넣은 속옷이 잔뜩 쌓여 있는 것, 새로 산 정결한 면 냄새가 풍기는 하얀 셔츠를 머리에서부터 뒤집어쓸 때의 기분….' 이런 것들을 행복이라고 느낄 수 있으려면 우리의 일상 안에 생각하고 느낄 수 있는 여유가 있어야 하고 또 그것들을 행복과 연결시킬 수 있는 깨달음이 일어나야 한다.

생존

쉼은 거창한 여가 활동이 아니라 생존이다. 쉼표코칭은 나를 생존할 수 있도록, 내가 조금 크게 숨을 들이쉬고 내쉴 수 있도록 도와주고 잘 디자인된 쉼으로 내 인생 자체에서의 생존, 일에서의 생존, 갖가지 역할로의 생존을 하게 해준다. 쉼을 그저 여가 활동이라고 할 때는 없어도 살아지는 것이 되지만 생존에 필요한 것이라고 하면 이야기는 달라진다. 반드시 있어야 하는 것이 된다는 말이다. 그 중요성에 대해서 쉽게 인정이 되지는 않지만 살아온 시간들을 돌이켜 보면 인정을 할 수밖에 없는 것이 쉼이다. 그렇다면 최소한 한 번은 짚고 넘어가 보자. 나도 살고 너도 살게 하는 쉼이라는 것을 내 삶 안에 명확히 정의 내리고 구체화해서 몸도 마음도 건강하게 살아갈 수 있도록 의지를 다져 보자. 바쁜 상황에 잠시 미뤄 두었다면 그 잠시가 장기화될지 모른다는 가능성을 염두에 두고 앞서 이야기한 그 상황에도 챙길 수 있는 짧은 쉼들을 마련해 보자. 우선순위에서 한없이 밀리기만 하는 쉼이라는 것에 생존이라는 가치를 부여하고 챙겨 가는 것만이 쉼을 먼지 털어 다시 보고 내 삶 안에 제대로 들여놓게 되는 길인지도 모른다.

쉼표
코칭에서의 '나'

●

쉼표코칭, 누구를 위한 것인가

쉬는 방법을 모르는 사람이 있을까? 어린아이들을 키우면서 관찰되는 쉼의 본능이라고 보이는 패턴은 몸과 마음이 피로할 때에는 하던 일을 미루거나 그 속도를 늦추고 생산적이라고 여겨지는 '해야 하는 일'들 보다 '좋아하는 일'들 위주로 '적게' 하면서 충전이 되어 다시 일상으로 돌아갈 때까지 충분한 시간을 갖는 것이다. 본능으로 신호를 알아차리고 자연스럽게 쉼을 갖던 것이 성장을 하고 어른이 되면서 해야 하는 일도 늘어나고 목표라는 명목으로 욕심도 생기고 사회적 역할도 늘어나고 다른 사람의 눈도 의식하면서 쉼을 점점 더

뒷전에 놓게 된다. 쉼표코칭은 그렇게 몸과 마음이 쉼을 원한다는 사실과 내가 원하는 쉬는 방법까지 모두 잊어버린 사람들을 위한 것이다. 쉬고 싶어도 쉴 시간이 없는 사람들, 어떻게 쉬어야 하는지 쉼이 어색해져 버린 사람들, 이따금씩 쉬고는 있지만 쉬어도 쉬는 것 같지 않다고 느끼는 사람들, 그리고 마음이 번잡스러워 맘 편히 쉴 수가 없다고 느끼는 사람들을 위한 것이다. 이미 쉬는 방법을 잘 알고 있는 사람들에게는 그 시간의 의미를 발견하게 해줄 것이고 쉬는 방법을 잊었던 사람들에게는 다시 나만의 쉼을 찾아갈 수 있도록 도와줄 것이다.

결국 쉼표코칭은 모두를 위한 것이다. 어린아이들에게는 건강한 쉼에 대한 인식과 그 시간을 어떻게 디자인하면 좋을지 생각해 보게 되는 계기가 되어 줄 것이고 다 자란 성인에게는 내가 잊고 있던 본연의 나의 모습을 일깨워 줄 수 있다. 쉼표코칭은 모두에게 자신의 쉼을 점검하며 쉼으로 삶을 풍성하게 만들고 삶에 대한 의미를 되새기게 만드는 시간이 될 것이다.

쉼으로 몸과 마음이 건강하게 유지해야 하는 이유는 1차적으로는 나 자신을 위함이다. 몸과 마음이 건강해야 인생에서 만나는 꿈이 되었든 역경이 되었든 그것에 도전할 수 있는 힘이 생긴다. 내가 사랑하는 사람들과의 시간을 누릴 수 있는 행복도 건강했을 때 가능하다. 그들을 위해서라고 말하기 이전에 내가 그 순간들을 소중히 여기고 있다면 건강하게 그 시간을 지키는 것은 가장 먼저는 나를 위함임을 깨닫게 된다.

사랑하는 사람들이라도 내가 그들의 감정을 다 안다고 할 수 없고 내가 가장 잘 알 수 있는 것은 결국 나의 감정뿐이기 때문이다. 이것을 인정한 후에야 논할 수 있는 것이 더 나아가서 내가 사랑하는 가족들을 위함이고 내가 속해 있는 사회, 그 안에서 만나는 사람들을 위함이라는 것이다. 알면서도 건강을 지키기 위한 실천이 쉽지 않은 것은 잃기 전에는 쉽게 잃게 되지 않을 것이라고 생각하기 때문이기도 하고 그 중요성과 필요성이 체감이 되지 않기 때문인 듯도 하다.

쉼표를 디자인하고자 하는 나

쉼표코칭에서의 '나'는 내 인생의 참 의미를 깊이 깨닫고자 하는 존재이다.

쉼표는 생각하고 느낄 수 있는 상황을 만들어 준다. 쉼표를 디자인하고자 하는 나는 아무 생각할 시간 없이 맹목적으로 내달리기보다 삶에 대해 생각할 수 있는 시간을 가져 내가 목매고 있는 것들의 중요성을 점검하고 삶의 요소요소에 가치를 재산정해 보고자 한다. 한발 물러나 다시 생각하면 너무나도 중요하게 여겨졌던 일의 중요도를 다시 생각해 보게 되기도 하고 내가 삶에서 가치 있게 여겼던 다른 것들이 함께 떠오르면서 그것들이 서로에게 어떤 영향을 주게 될 것인지 생각해 보게 되기도 한다. 또 때로는 아주 사소해 보였던 것들이 크게 여겨져 마음과 태도를 달리하는 일이 생기기도 한다.

쉼표코칭에서의 '나'는 인생의 여정 순간순간을 소중히 여기고자 하는 존재이다.

인생이 덧없이 흘러간다는 말이 나이를 먹을수록 실감이된다. 시간이 빨리 갈 뿐만 아니라 그 순간에 있을 때에는 소중한 줄 모르고 시간이 흘러간 후에야 좋았던 시간이었음을알게 된다. 가장 행복할 수 있었던 순간에 그것을 깨닫지 못하고 하루하루 도장 깨듯이 감흥도 감정도 없이 흘려보냈다면 그보다 더 아까운 일이 없다. 사람에게 시간은 억만금을주고도 되돌릴 수 없는 것이니까. 코앞에 있을 때에는 형체도 알아볼 수 없던 것이 조금 떨어뜨려 놓으면 그제야 눈 안에 들어온다. 영원하지 않기에 더 귀한 것이 시간이라는 것도 제대로 알게 된다. 그것을 알며 삶을 살아가는 것과 모르지는 않지만 인지하지 못하며 시간을 흘려보내는 것은 천지차이일 것이다. '바쁘다'를 입에 달고 살면서도 잠시 시간을내어 마음과 몸을 쉬어 가며 삶을 한 발자국 멀리서 바라보는 사람에게는 삶의 의미를 발견한 감사와 행복이 따라다닐수밖에 없다.

쉼표코칭에서의 '나'는 내 삶을 향한 다른 사람들의 시선보다 나 자신의 생각을 중요하게 생각하는 존재이다.

사회성이 길러지면서 함께 생기는 것이 '눈치'이다. 남을 의식하다 못해 이제는 인생의 꿈까지 남들이 좋다고 말하는 것에 꽂혀서 그것이 진짜 내 꿈인 양 품고 살아간다. 그뿐인가, 의사결정을 할 때에도 세상이 좋다고 이야기하는 것이 판단 기준이 되어 버리는 경우가 흔하다. 내 인생을 주체적으로 살아가고 있는지 아니면 세상의 부속품으로 살아가고 있는지 생각해 볼 겨를 없이 끊임없에 세상에 귀를 기울이고 세상에 내 것들을 맞춰 가려고 애쓴다. 그렇다고 내 것이 하나도 없지는 않을 터, 어디까지가 내 것이고 어디서부터가 세상의 기준을 그저 따라갔던 것인지 점점 구분이 되지 않는다. 나는 어차피 내가 살아가는 사회와 문화에 영향을 받을 수밖에 없는 존재이다. 나의 것과 내가 영향을 받은 나의 울타리의 것들을 정확히 나눌 수는 없겠지만 그럼에도 불구하고 '그럼 나는?', '그것이 나에게는?'을 끊임없이 물어야 한다. 시간이 흐른 후 진짜 내 것 하나 없이 '지금까지 무엇을 했는지 모르겠다. 나에게 남은 것이 아무것도 없다'는 허망함만 덩그러니 남기지 않으려면 지금부터라도 '내 생각', '내 기준'을 세워 가야 한다. 그래야만 어떤 상황에서도 평정을 찾을 수 있는 마음의 상태가 가능해진다.

쉼의 목표 VS.
지금의 쉼

●

쉼의 목표

목표는 많은 경우 어떠한 일을 하는 데에 의미가 되어 준다. 의미 없는 일은 좀처럼 동기부여가 되지 않고 동력이 생기지 않는다는 것을 생각하면 목표를 설정하는 것의 중요성을 새삼 깨닫게 된다. 또한 목표가 있는 활동은 집중력이 강화되고 성취감을 느껴 자신감을 높여 준다. 아무리 그렇다고 쉼에까지 목표가 필요할까. 목표라는 단어에서 느껴지는 진취적이고 넘치는 에너지와 가장 멀리 있는 단어가 쉼이어야 하는 것은 아닐까. 몸과 마음의 긴장을 풀고 최대한 이완된 상태로 그동안 쌓였던 스트레스를 풀어 주는 시간이 쉼 아니냐는 말이다. 그 쉼에 목표를 이야기하자니 어불성설인 것 같다는 느낌이 들 수 있다. 자연스럽던 것을 자연스럽지 않은 것으로 만들어 유난을 떤다는 느낌도 들고 말이다. 그런데 문제는 우리가 제대로 쉬지 못한다는 것에 있다. 무언가 작정을 하고 하는 일들과 거리가 멀어 보이는 쉼이라는 것을 작정하지 않고 의미를 두지 않았더니 자꾸 미루게 되고, 쉬더라도 쉼의 질이 좋지 않더라는 것이다. 쉼에 만족하지 못하는 비율(23.5%)이 만족하는 비율(27%, 보통+불만족 : 76.4%)만큼 높다는 조사 결과는 쉼도 관리가 필요함을 보여 준다. (여가생활 만족도 2009-2021, 통계청, 사회조사)

각자에게 쉼의 목적은 다 다를 수 있다. 내 인생의 목표가 무엇이냐에 따라서 그것과 잘 어울린다면 금상첨화일 것이고 인생의 목표를 생각하는것부터가 난제라면 내가 인생에서 중요하게 여기는 가치가 무엇인지를 떠올려 보자. 떠올린 그것들을 잘 지켜 나가기 위한 것이 쉼이 될 수 있고 혹은 그것들과 연결시키지 않고도 쉼 자체가 인생에 생기를 돌게 만들어 주기를 바랄 수도 있다. 무엇이 되었든 간에 내가 쉼에 기대하는 것이 무엇인지를 생각해 보자. 쉼의 목적과 내가 바라는 쉼의 모습은 어떤 모습인지 말이다. 처음부터 구체적인 쉼의 방법까지 한 번에 정해야 한다는 부담감을 가질 필요는 없다. 그저 내가 바라는 쉼의 모습, 그것이 어떤 유익을 주기를 바라는지, 내 인생의 가치들과 어떻게 연결되면 좋을지 천천히 생각해 보는 것만으로도 충분하다.

현재의 모습 인정하기

내가 바라는 쉼과 쉼의 목적에 대한 생각을 해보았다면 지금 나의 쉼의 모습은 어떠한지 점검해 보자. '쉬고 있다'라고 생각이 되는 시간들을 떠올려 보고 그 시간들에 나는 무엇을 하고 있는지, 쉼 후에 나의 상태는 어떠한지 기억해 본다. 지쳤던 몸과 마음이 쉬는 시간들을 지내며 나도 모르게 회복이 되었는지 아니면 쉼이 나에게 아무런 도움이 되지 못한 채 쉼의 시간 후 더 피곤했는지 떠올려 본다. 떠올려 본 지금의 쉼의 상태가 내가 바라는 쉼의 모습으로 향해 갈 출발점이다. 지금의 상태를 정확하게 알아차리는 것이 목표에 다가가는데 출발점이 된다고 이야기하는 이유는 그것이 어떤 부분을 어떻게 변화시키면 좋을지 구체적인 방법들을 생각해 볼 수 있게 하기 때문이다. 또, 나와 먼 모습에만 초점을 맞추며 지금을 견디기보다 지금 나에게 맞는 것은 무엇인지 현재의 쉼에서 만족하는 것과 만족하지 않는 것들을 찾아봄으로써 가장 가까운 실천들을 해나갈 수 있게 해준다.

잘 쉬고 있는가를 점검하려 하니 이번에도 역시 무언가 아이러니한 느낌이 든다. 보통은 생산적이어야 하는 업무에 점검이라는 말이 더 어울리는 듯하기 때문이다. 무언가를 하는 것에(Doing)에 대해서 잘하고 있는지 확인하는 것이 점검이지, 하지 않는 것(Not-doing)에 가까운 개념인 쉼에 점검할 것이 무엇이 있는가. 그렇다 우리는 지금 쉼에 대한 접근을 조금 다르게 하고 있다. 피로도를 높이려 함이 아니다. 이 또한 조금 다른 의미의 생산성인 '쉼이 쉼이 되고 있는가'를 점검하고자 함인 것이다. 한바탕 무리한 일정을 끝내고 회복하기까지 적지 않는 시일이 걸린다는 것을 우리는 경험으로 알고 있다. 제대로 쉬는 방법을 알지 못한다면 회복까지 더 오랜 시간이 필요할 것이다. 그런 의미에서 쉼은 생산성을 논할 때 반드시 다루어야 하는 영역이다.

변화의 시작

목표를 정하고 지금의 나를 점검하는 것은 변화의 방향으로 나아가고자 하는 시작이 된다. 이것은 쉼에만 적용되는 것이 아니고 내가 변화를 원하는 모든 일에 있어서 그러하다. 하지만 목표와 현재 상태를 확인했다고 해서 반드시 변화가 시작되는 것만도 아니다. 거기에 변화하고자 하는 의지와 변화해야만 하는 자신만의 이유가 반드시 필요하다. 그렇기에 우리는 우리가 원하는 모습에 대한 구체적인 청사진을 그리고 그것을 이미지화하면서 의지를 다진다.

우리가 쉼을 통해 바라는 것은 몸도 마음도 건강한 삶이다. 성공도 열정도 그다음 얘기다. 이에 동의한다고 해서 성장을 향한 열정이 부족한 것이라고 생각하지는 않는다. 오히려 성장의 지속 가능성과 파급력까지 고려하고자 하는 것이기에 한 차원 더 나아간 열정이라고 말할 수 있다. 이것이 쉼을 놓치지 않는 성장과 변화가 더 강력할 수밖에 없는 이유이다.

내가 바라는 쉼은 어떤 모습인가?

나는 쉼을 통해 무엇을 얻고자 하는가?

지금 나의 쉼의 모습은 어떠한가?

나에게 맞는 쉼
탐색하기

●

　쉼표코칭 전체의 흐름에서 가장 흥미진진한 부분이 여기, 나에게 맞는 쉼을 탐색하는 부분이다. 공부도 일도 아니고 나에게 맞는 쉼을 찾으라니 그야말로 온갖 진수성찬을 다 차려 놓고 가장 좋아하는 음식을 고르라고 하는 듯한 느낌이다. 젓가락을 들고 음식들을 주욱 훑어보며 '자 뭐가 맛있을까' 하는 내가 눈앞에 그려지고 침이 꼴깍 넘어간다. 맛있는 것들을 다 모아 놓은 한 상이라도 내 젓가락이 자주 가는 음식이 분명 있다. 이것도 먹어 보고 저것도 먹어 보았지만 결국은 돌아가 한 번이라도 더 먹게 되는 음식말이다. 내 입에 딱 맞는 그런 음식. 나는 몰랐지만 혀의 감각들은 그것을 찾아내고 만다. 나의 감각들로 '내가 좋아하는 음식'을 알게 되었을 때의 희열은 어찌 보면 내가 몰랐던 나의 모습을 알게 된 듯한 느낌 때문인지도 모른다. 내가 한 번이라도 더 찾게 되는 쉼이 무엇인지 알게 되었을 때에도 그런 느낌이지 않을까.

쉼도 음식의 종류만큼이나 다양한 방법들이 있다. 앞서 '쉼표 스위치'에서 제안한 방법들은 내 마음이 동한다면 시도해 볼 수 있는 일부일 뿐 내가 찾을 수 있는 쉼의 범위는 그야말로 한도 끝도 없을 것이다. 새로운 쉼의 방법을 시도해 보며 내가 미처 알지 못했던 나의 모습들을 발견하는 것도 재미겠지만 기존에 나의 쉼을 돌아보고 상황에 따라서 그리고 필요에 따라서 한두 가지의 방법들을 믹스매치 해보는 것도 좋은 방법이 될 수 있다.

기존에 사용하던 쉼의 방법들에는 무엇이 있나?
새롭게 시도해 보고 싶은 쉼은 무엇인가?

최근에 체력이 소진되어 몸살이 난 듯 몸도 좋지 않고 덩달아 집중력도 떨어지고 무기력해지던 날이 있었다. 분명 쉼이 필요함을 알리는 신호였다. 내가 회복을 위해 시도했던 것은 3-4일 동안 20분을 넘지 않는 짧은 낮잠을 자고 밤에도 숙면을 하기 위해 자기 전에는 핸드폰을 멀리하고 바로 잠을 청하는 것이었다. 또 평소에 잘하지 않는 다른 사람들과의 짧은 커피 타임을 가지며 마음을 가볍게 하려고 했고 며칠 동안은 스케줄이 취소된다고 다른 스케줄로 채우지 않았다. 일의 속도를 천천히 하며 '일하고 - 쉬고'를 분명히 보이게 반복했다. 슬프게도 예전처럼 회복이 빨리 되지는 않지만 점점 체력과 컨디션이 돌아오는 것을 느낄 수 있었다.

공기질이 나쁘지 않고 외부 일정이 많지 않은 날이면 산책이나 등산도 좋다. 다만 시간을 따로 내야 한다는 것이 여간 귀찮은 것이 아니긴 하지만 나에겐 걷는 것만큼 좋은 쉼도 없다.

쉼이 필요한 시기에는 사람들과 함께 있는 시간을 만드는 것에도 신중하다. 쉼이 되는 함께함이 있는 반면 때로는 만남에 마음이 번잡스러워지기도 하기 때문이다. 누구와 어떤 이야기를 나누는가에 따라 쉼이 되기도 하고 만남 자체가 후회가 되기도 한다.

나만의 쉼을 찾기 위한
조언 따위

전문가들이 추천하는 다양한 쉼의 방법들을 늘어놓고 그 중에서 나에게 맞는 것을 선택하는 것만큼 따분한 것이 없다. 쉼의 방법이라는 것이 사실 매우 뻔할 수 있는데 그중에서 골라서 시도해 보라니 참 지루하고 고리타분하다. 무언가 특별한 시도를 해보고 싶다기보다 내 평생을 몰랐던 적이 없는 뻔한 것들에는 좀처럼 구미가 당기지 않다. 내 안을 간질이는 것들을 곰곰이 생각해 보자. '내가 좋아하는 음악을 귀에 꽂고, 바람이 선선해지는 시간에, 평평하기만 한 평지보다는 구불구불한 산책로를 따라 때로는 빠르게 때로는 느리게 30분 걷기', '주방 구석에 아껴 두었던 차 티백을 꺼내서 우려내고 내가 즐겨 읽는 책을 한 권 꺼내 무릎 위에 올려놓고 잠시 읽다 멍 때리다를 반복하기', '비가 후드득 떨어지거나 햇볕은 쨍한데 선선한 바람이 부는 날이면 잠시 건물 밖으로 나가서 차 한 잔 사오기'. 누군가가 쉼이라고 이름 붙여준 적 없지만 나에게 쉼이 된다면 쉼인 것이다.

뇌에의 자극을 줄이는 쉼이라도 쉼은 우리의 뇌를 오히려 활성화시킨다. 미국의 마커스 레이클 교수의 연구에 따르면 뇌에 전전두엽, 측두엽, 두정엽에 디폴트 모드 네트워크(Defalt Mode Network, DMN) 부위가 있어서 우리가 일하지 않고 쉴 때 이 디폴트 모드 회로가 활발히 작동하며 에너지를 소비한다고 한다. (The Brain's Default Mode Network, Marcus E. Raichle, Annu. Rev. Neurosci. 2015.) 쉰다고 마냥 쉬기만 하는 시간이 아깝다는 생각에 맘 편히 쉬지 못했다면 꼭 쥔 손의 힘을 조금 풀어 보자.

일과 쉼을 구분 짓는 기준들에는 무엇이 있을까? 쉼에는 성과에 대한 압박이 없다. 또 쉼은 스트레스나 긴장보다는 이완의 상태에 더 가깝다. 내가 해야 하는 일보다는 내가 좋아하는 것들이 자리 잡고 있는 것이 쉼의 시간이다. 쉼의 방법을 찾고자 할 때 이 간단한 기준들을 떠올려 보자. 남과 비교해서 길고 짧음을 이야기하는 것이 의미 없어지는 것이 쉼의 영역이다. 나에게 쉼이 되는 방법이 다른 사람에게는 쉼이 되지 않을 수 있고 다른 사람이 누리고 있는 보기에 좋은 쉼이 나에게는 맞지 않는 불편한 것일 수 있다. 나에게 맞고 내가 좋아하는 쉼은 내가 아는 법이라서 좋았던 쉼을 서로에게 소개하고 추천하는 것이야 할 수 있지만 그것이 다른 사람에게도 도움이 될 것이라는 보장은 없다.

결론은 그래서 내 쉼의 방법은 내가 스스로 찾아야 한다는 것이다. 반드시 필요한 것이라서 외면할 수만도 없고 평생을 필요할 때 찾고 또 찾을 거라 지루하게 느껴지는 방법은 또 곤란하다. 너무 멀리 있는 것은 쉼의 방법들 중 한 가지가 될 수는 있어도 자주 찾을 수 있는 쉼은 아니니 언제든 시도할 수 있는 쉼으로 디자인해 두어야 한다.

자, 내가 찾은 나의 쉼은 어떤 것들인가?

쉼 실천 강화를 위한
환경 설정

.

나의 상태에 대해서 차분히 생각해 보며 정기적으로 쉬는 시간을 갖고자 하기에는 매일의 시간이 너무도 빨리 지나가 버린다. 쉼의 필요성을 절실히 자각하고 쉼을 위한 시스템을 만들지 않은 채 단순히 의지나 결심만으로 쉼을 실천하기란 여간 어려운 일이 아니다.

'피로를 느낄 때'라는 쉼 시그널을 조금 더 구체적이고 직접적인 표현으로 바꾸어 쉼의 타이밍을 알아차리고 그에 맞는 환경과 행동을 설정하는 것이 필요하다.

몸이 지칠 때를 놓치지 않고 알아차리려면 나 스스로에 대해 조금은 더 민감해질 필요가 있다. 혹시 지친 내 몸과 마음이 다음과 같은 신호를 보내고 있지는 않은지 주의 깊게 살펴보자.

- 에너지 감소 : 활동이나 생각에 대한 에너지가 줄어들고, 지치는 느낌이 들 때
- 집중력 저하 : 일을 수행하는 데 집중하기 어렵거나, 주의를 집중시키는 데 어려움을 겪을 때
- 신체적 불편 : 두통, 근육통, 소화 불량 등과 같은 신체적인 불편을 경험할 때

WHO는 2019년 5월 국제 질병 표준분류 기준(ICD-11)에 번아웃 증후군(Burnout Syndrome)을 '만성적인 직장 업무 스트레스 증후군'으로 정의하고 그 증상으로 '에너지의 고갈과 피로감', '직장이나 업무와 관련한 거부감, 부정적인 생각의 증가, 냉소주의', '업무 효율이 감소'를 들었다. 김경우 정신

건강의학과 전문의는 정신의학신문을 통해 '일부 전문가들은 우울증이나 불안장애 등의 다른 질환들이 번아웃 증후군의 뒤에 도사리고 있다'고 말한다. 또한 '번아웃 증후군이 있는 사람들이 누구나 우울증을 앓고 있는 것은 아니다. 그러나 번아웃 증후군은 우울증에 걸릴 위험을 대폭 증가시킬 수 있다'고도 한다. 이것이 우리의 몸뿐 아니라 마음이 보내는 신호를 민감하게 알아차려야 하는 이유이다. 번아웃 자체가 질병은 아니지만 '건강 상태에 영향을 미칠 수 있는 인자'로 쉬지 않고 번아웃을 방치하면 안 된다는 것이다. 일을 하려고 앉았는데 이상하리만큼 의욕이 생기지 않고 무기력해진다면 쉼이 필요한 타이밍은 아닌지 생각해 보자. 제때 쉬어주는 것이 때로는 삶을 건강하게 유지시켜 성장을 가능하게 하는 가장 좋은 약이 될 수 있다.

필요를 느꼈다면 그다음은 실천

자신이 쉬어야 함을 느꼈다면 다음은 내가 디자인한 쉼의 방법들을 상황에 맞게 꺼낸다. 빽빽하게 해야만 하는 일들이 연달아 있다면 잠깐 눈을 감고 깊게 숨을 들이마셔 보자. 몸과 마음을 쉬게 하고 에너지를 충전시켜 줄 수 있는 짧은 산책이나 요가 등으로 쉼의 시간을 구분하여 가질 수 있다면 좋고 그럴 수 있는 상황이 되지 않는다면 일을 하는 공간 자체에 편안한 의자나 쿠션을 놓고 조용히 휴식이 가능한 공간으로 만들어 보는 것도 좋겠다. 나의 성향이나 환경에 맞는 쉼의 방법 여러 가지를 삶 안에 시의적절하게 배치하여 정기적, 비정기적으로 실천한다.

쉼을 위한 환경 조성

환경이 쉼을 돕는지 방해하는지에 따라 쉼의 효과가 달라질 수 있다.

- 정서적 안정 : 쾌적하고 평화로운 공간을 만들어 마음을 안정시킨다. 식물을 두거나 자연 소리가 들리는 음악을 틀어 놓는 것도 좋다. 정돈되지 않은 공간 때문에 마음이 편안하지 않은 느낌이라면 쉼을 위한 구획을 구분해서 그곳만이라

도 정돈된 상태로 만들어 보는 것도 방법이 될 수 있다.

- 디지털 디톡스 : 스마트폰과 컴퓨터 등 디지털 기기를 멀리 하고, 디지털 디톡스를 시도해 보자. 수면 시간이나 쉬는 시 간만이라도 디지털 환경에서 벗어나는 것으로 쉼의 질도 높 이고 마음이 편안해진다.

- 규칙적인 쉬는 시간 : 하루 정해진 시간대에 쉬는 습관을 만 들어 보자. 이를 통해 일상에 쉼을 자연스럽게 넣을 수 있다. 쉼이 없는 하루를 살다가 갑자기 쉼을 끼워 넣는다는 게 처 음엔 어색할 수 있지만 그처럼 달콤한 실천이 또 있을까. 내 몸에 건강한 음식을 주듯이 내 마음에 건강한 보상을 주어 에너지가 고갈되지 않도록 나 스스로를 격려해 주자.

쉼은 우리의 삶에 꼭 필요한 영양소이다. 하지만 우리는 종종 이를 간과하고, 바쁜 삶의 속에서 쉼을 잊곤 한다. 쉬는 것이 나의 성장을 늦추는 것이 아니라 성장에 필수적인 요소 가 됨을 이해하고, 쉼을 위한 시스템을 만들어 나가는 것이 중요하다. 건강하고 균형 잡힌 삶은 우리의 삶에 대한 시각 을 긍정적이고 균형 시각으로 만들어 줄 것이다.

인지행동이론(Cognitive-Behavioral Theory)은 우리가 특정 상황에 대해 어떻게 생각하느냐가 우리의 감정과 행동을 결정한다고 이야기한다. 이 이론을 쉼이라는 주제에 적용해 보면 우리가 어떤 시점에서 쉬어야 하는지를 결정하는 것은 우리의 생각과 관련이 있다는 말이 될 수 있다. 따라서, 쉼을 위한 시스템을 만들기 위해서는 우리의 생각과 태도를 바꾸어야 한다. 예를 들어, '피곤할 때만이 아니라 우리 몸과 마음이 정상 컨디션을 유지할 수 있도록 일상 안에 쉼을 체계화 해야 한다'는 생각을 갖는 것이 중요하다는 것이다. 시대적 변화가 빠르고 그에 적응해야 하는 상황이 늘어날수록 우리는 쉼을 위한 시스템을 만들어야 할 필요성을 점점 더 느낀다. 그러나 그 필요를 실제로 실천하는 것은 단순한 의지나 결심만으로는 어렵다. 피로에 반응하는 것을 넘어서 언제 쉬어야 하는지를 파악하고, 그에 맞는 환경과 행동을 설정해야 할 때이다.

Chapter 5 다시, 시작

애프터 쉼표가
버겁지 않도록

일상 안에 쉼 끼워넣기

Post-vacation depression 혹은 post-vacation blues 라고 부르는 증상이 있다. 바로 휴가나 긴 연휴 같은 휴식 후에 일상으로 돌아오는 것을 힘들어하는 현상을 지칭하는 말이다. 일상을 잠시 중단하고 여행을 간다거나 휴가기간을 갖는 것도 분명 쉼인데 그 후 일상으로의 회복에 어려움을 겪는다는 것이 아이러니하기도, 한편으로는 당연한 듯 이해가 되기도 한다. 긴 휴식 후에 다시 만난 일상을 힘들어하는 것이 어른뿐은 아니다. 어린아이들도 주말을 지나고 나면 어린이집에 가는 것을 힘들어하고 조금 더 큰 후에도 휴일 후 등

교를 힘들어하곤 한다. 월요병(Monday blues)이라는 것이 어른들의 전유물이 아닌 것이다. 일상에서 쉼의 필요성을 자각하고 제때에 쉼을 갖는 것이 쉽지 않은 것도, 필요해서 가진 쉼이지만 끝난 후 다시 일상으로 돌아가는 것이 힘든 것도 남녀노소 모든 사람에게 해당되는 그저 자연스러운 현상이다.

일상과 쉼을 딱 갈라 구분하면 생기는 이러한 현상을 반복해서 겪다 보면 일상 안에 쉼을 곳곳에 끼워 넣는 시도의 필요성을 더 절실하게 느끼게 된다. 쉬자고 휴가를 떠났건만 일부러 일상과 분리시킨 휴가 후에 전보다 더한 피로감이 느껴진다. 여독이라는 말이 괜히 있겠는가. 여행을 하며 남아 있지도 않은 체력을 평소보다 오히려 더 써서 양쪽 어깨에 달려 있던 묵직한 곰 두 마리가 가족을 이루어 온몸에 덕지덕지 달라붙어 버린 듯한 느낌이다.

그러니 평소에 틈틈이 쉬는 버릇을 들이자. 큰맘 먹지 않고 잠깐씩이라도 쉴 수 있도록. 찬 공기가 느껴지면 카디건 하나 툭 걸치듯 그렇게 몸이 무거워질 땐 가볍게 잠시 쉬어 주자. 바빠 죽겠는데 잠시 쉬다가 쉼이 길어져서 하루를 망치게 될까 두려운가? 혹은 너무 바빠서 쉴 시간이 없는 날들이 반복되고 있는가? '의식적으로 쉼을 갖고, 의식적으로 쉼을 맺기'를 시도해 보자. 그것이 일상 안에 쉼을 넣을 수 있는 비결일 수 있다.

애프터 쉼표 루틴 만들기

Psycology Today의 한 기사에서는 post-vacation blues를 극복하기 위해서 휴가 전 루틴처럼 휴가 후 루틴을 만들 것을 제안한다.

'휴가 전에 가방 싸기, 고지서 결제, 시급한 일 마무리와 같은 휴가 전 준비 단계의 루틴이 있는 것처럼, 휴가 후 루틴을 정하는 것도 중요하다. 일상의 혼돈에 빠지기보다는 자신에게 시간을 주어 천천히 루틴에 다시 적응할 수 있도록 하자. 일을 조금씩 되짚어가며 해야 할 일과 의무를 다시 수행하되, 휴식과 자기 관리에도 시간을 할애하자. 휴가의 긍정적인 측면을 되새겨 보고 일상생활에 그것들을 접목하는 방법을 찾아보는 것도 좋다. 아침의 평온한 산책이나 취미 즐기기처럼, 휴가의 요소를 일상생활에 접목함으로써 휴가에서 경험한 평화로움을 이어갈 수 있다.'

(Vacation Blues : Why Post-Holiday Relaxation Vanishes Quickly, 2023)

휴가의 달콤함 때문에 일상이 지루하게 느껴진다면 위의 조언처럼 휴가의 요소들을 일상 구석구석에 넣어 보고, 일을 시작할 때에도 예열할 시간을 줄 수 있도록 급하지만 가벼운 일부터 처리하면서 천천히 일 모드로 돌아온다. 아직 휴가지에서 돌아오지 않고 일상에서 멀찌감치 떨어진 곳에 주저앉아 있는 마음도 음악이나 짧은 글 읽기처럼 내가 좋아하는 것들로 살살 달래어 데려온다.

'Treatment : Time'(치료방법 : 시간)

위키피디아에 'post-vacation blues' 설명 중 나와 있는 처방은 '시간'이다. 보통은 2~3일이 지나면 괜찮아진다고 하는 설명에 동의 섞인 헛웃음이 나온다. 그렇다 우리는 그저 시간이 조금 필요했던 것이다. 일상으로 돌아와 다시 그 지루함을 보통의 매일로 받아들이고 성장을 위해 애쓰며 살아가는 삶에 마음이 안착할 시간 말이다. 특별한 처방이 필요하다기보다 내 마음을 억지로 끌고 밀지 않고 몸이 돌아와 있는 일상으로 돌아오길 조금 기다려 주면 되는 것이었는지도 모른다.

애프터 쉼표가 버거운 이유는 너무나 단순한 것일 수 있다. 지루함 끝에 맛본 쉼의 달콤함을 끝내고 다시 그 지루함으로 돌아오려니 좋을 수가 있겠는가. 일과 일상이 이어질 때는 쉼의 시간과 마음의 여유를 내기가 그렇게 어려웠던 것이 일상에 비하면 결코 길다고 할 수 없는 휴식이었건만 일상으로 돌아오기가 쉽지 않음을 토로한다. 그럴 때 시도해 볼 수 있는 것들 중 하나가 일상 중 경험하는 달콤함들을 떠올리는 것이다. 푸른빛이 살짝 감도는 이른 새벽 공기의 시원함, 출근길 단정하게 입고 집을 나서서 바쁘게 걸음을 재촉하던 광경의 생기, 정신없이 오전에 할 일을 하다가 시계를 봤는데 점심시간이 10분 남았을 때의 짜릿함, 어렵게만 느껴지던 프로젝트들을 끝내고 인정받을 때의 희열, 내가 성장하고 내가 아끼는 사람들이 성장하는 것을 볼 때의 뿌듯함 등 이 모든 것들이 일상에서 일어나는 일들이다. 일상을 살아가다 보면 끊임없이 도전에 부딪힌다. 크고 작은 일들이 생겨서 그런 것도 없지 않지만 일부는 일상의 항상성이 우리를 성장하게 하고 성장하는 우리에게 사회는 점점 더 큰 기대감을 갖게 되기 때문이기도 하다. 일상에서 벗어나고 싶은 것은 지루함에서 벗어나고 싶은 이유도 있지만 그 도전을 피해 도망쳐 버리고 싶은 마음도 있었음을 이제야 알게 된다.

이제는 쉼으로 들어가는 것도 쉼에서 일상으로 빠져나오는 것도 어려워하지 말자. 그 정도의 과감함과 용기는 가지고 살자. 그것이 나에게 숨구멍을 틔워 준다면 그쯤 못 하고 살 것 없지 않은가.

내가 나의
러닝메이트가 되어 주기

🍂

내가 나의 러닝메이트가 된다는 것

러닝메이트는 보통 정치적인 용어로 많이 쓰인다. 하지만 지금 이 글에서는 러닝메이트의 '함께 하는 파트너'로서의 역할에 초점을 맞추어 보고자 한다. 나에 대해서 잘 안다는 것은 무엇을 의미하는지 생각해 보자. 내 체력과 집중력 그리고 내가 나의 한계라고 생각하는 경계와 내가 가늠할 수 없는 무한한 잠재력을 스스로가 믿어 주는 것까지. 나를 잘 알았을 때 나는 나의 가장 좋은 러닝메이트가 되어 줄 수 있다. 또한 내가 나의 러닝메이트가 되어 주는 것이 궁극의 자기 관리의 일환이 된다. 정기적으로 쉼을 삶에 끼워 넣는 것을 이야기했지만 그 정기적이라는 것도 매일이 기계처럼 같을 수 없고 나의 컨디션에 따라 쉼의 빈도나 길이가 달라질 수 있는데 나 자신이 아니고서야 그것을 조절할 충분한 정보가 있을 수 없다. 컨디션이 좋을 때는 10분 혹은 20분 더 집중해서 하던 일을 마무리하는 것이 나중에 한 시간을 다시 할애해서 집중의 상태로 들어가고 그 일을 해야 하는 수고를 덜어 줄 수 있다. 긴 시간 동안 작업해야 하는 일이 있다면 어깨 뭉침의 정도를 스스로 느껴 가면서 집중 시간을 조절할 수 있다. 나의 컨디션뿐 아니라 내가 지금까지 일을 해왔던 패턴이나 시간대별 집중력 혹은 집중할 수 있는 상황일지까지 가장 정확하게 예측할 수 있는 것도 '나'이다. 그래서 내가 나의 러닝메이트가 되었을 때 강력할 수 있는 것이다.

보통의 러닝메이트는 나 혼자만의 힘과 의지보다는 '함께의 힘'을 레버리지 하기 위한 것이다. 그리고 그 '함께의 힘'은 꽤나 강력해서 혼자라면 할 수 없거나 속도가 나지 않을 일들을 할 수 있게 해준다. 나의 목표를 함께 기억하는 누군가가 나와 함께 가면서 주저앉을 듯이 힘이 드는 순간에도 한발 더 참고 내딛게 해준다. 가다 말고 잠깐 쉬다가 가던 방향조차 잊고 있을 때 다시 날 격려하며 일어나 가던 방향을 기억하고 다시 걸음을 내딛게 해준다. 그런 역할을 내가 나에게 해준다는 것은 어쩌면 엄청난 정신력이 필요한지도 모른다. 하지만 긴 인생에 항상 누군가 러닝메이트가 되어 줄 것이라 기대하는 것은 무리일 수 있으며 언젠가는 나만 나를 일으킬 수 있는 상황들이 올 수 있다. 다른 사람들과 함께라면 그것도 좋고 혼자 있을 때도 목표를 잊지 않고 중심을 잡아 나가면서 지속할 수 있는 힘을 키운다면 오히려 나 자신이 다른 사람들에게도 좋은 러닝메이트가 되어 줄 수 있을 것이다.

쉼과 러닝메이트

에너지를 소모하는 운동과 같은 활동에는 반드시 휴식 시간이 있다. 운동뿐 아니라 타인이 개개인을 대표해서 스케줄을 짜주는 상황들, 특히 행사나 교육을 진행하는 경우에는 반드시 쉬는 시간을 정하여 안내한다. 내가 나의 러닝메이트가 되어 주는 상황이라면 나의 성장 가능성을 확장시키고자 하는 시도들과 함께 나의 육체적 정신적 필요까지 민감하게 알아차릴 필요가 있다. 쉬어야 할 때를 알아차리고 적절하게 쉬도록 해 주고 쉼을 마치고 다시 일어서야 할 때를 알려 주어야 하는 것이다. 쉼이 나를 주저앉히지 않는다는 것을 알게 되면 쉼을 두려워할 필요가 없어진다. 쉼을 마치고 다시 시작하는 걸음에서 중력의 힘을 온몸으로 고스란히 거스르는 느낌 대신 가볍게 툭툭 털고 나서는 봄볕 같은 기운이 느껴진다면 쉼 이후 일상으로 돌아오는 것도 그리 싫지 않은 느낌이 든다. 내가 무엇을 두려워했고 무엇에 다시 힘을 얻는지 감정의 미세한 차이들을 알고 그에 맞추어 쉬어야 하는 타이밍과 쉼에서 빠져나오는 속도를 조절해 줄 수 있도록 내가 나 스스로를 돕는 것. 그것이 쉼에 있어서 내가 나에게 줄 수 있는 큰 도움이 된다.

내 몸과 마음이 변화를 갈망할 때에는 신호를 보낸다. 우리에게는 그러한 온갖 신호들을 관찰하고 스케줄과 상황을 조절할 수 있는 명민함도 있어야 한다. 그것은 쉼이 가능하게 하는 데에 필요하기도 하지만 더 나아가서 스트레스 관리에도 매우 중요한 역할을 한다. 모든 자극이나 상태에 예민해지자고 말하는 것은 아니고 무딘 것이 때로는 정신건강에 유익할 때들도 있지만 적어도 몸과 마음이 도움을 요청할 때 그것을 알아차릴 수 있어야 한다는 말이다. 아기를 돌볼 때 우리는 아직 말을 하지 못하는 아기가 어떤 신호를 보내고 있는지 오감을 열어 관찰한다. 때로는 필요를 이야기하고 또 어떤 때에는 불편함을 표시하기도 한다. 좋거나 나쁜 기분을 몸짓과 얼굴 표정과 혈색 등으로 표현하며 보호자와 교감을 한다. 그 돌봄과 관찰을 나 자신에게 베풀어 본 적이 있는가? 외부의 자극이나 내부의 감정들에 대한 반응의 빈도와 강도는 줄어드는 것이 당연하지만 내 감정을 민감하게 알아차리고 돌보아야 함은 지금도 마찬가지이다. 그런데 우리는 그 돌봄을 과감하게 끊은 채로 불편함은 그냥 그것대로 견디며 살아간다. 자기 관리의 필요성을 이야기하며 아기 시절의 돌봄을 떠올리는 것은 인간은 기본적으로 돌봄이 필요한 존재였음을 기억하고자 하는 의도가 있다. 그것이 자기 관리의 형태로든 자기 돌봄의 형태로든 나의 상태를 관찰하며 돌보지 않고 그 어떠함을 방치하는 것은 성장을 위한 인내와 거리가 멀다.

내가 내딛는 한 걸음 한 걸음을 응원하는 나. 그 걸음에 격려가 필요한지 용기가 필요한지 쉼이 필요한지 가만히 살펴보는 나. 내가 부족한 부분이 무엇인지 그것을 채워 줄 수 있는 방법을 생각하는 나. 그런 나는 나의 지원군이 될 수 있다. 나 자신이 나를 가장 잘 아는 지원군이 되어 주는 나는 잠시 멈춤도 그 후의 다시 시작도 마음의 부담이 훨씬 덜하다. 나를 잘 아는 러닝메이트란 그런 것이니까.

쉼이 삶의 진도를
늦추지 않았다는 믿음

●

핑계 vs. 가혹함

할 일을 해놓지 않고 너무 피곤해서 쉬어 버렸을 때는 피곤했으니 잘 쉬었다는 마음보다는 대체로 후회가 밀려온다. 시간을 돌려 그 시간을 할 일로 채웠다면 지금쯤 엄청 뿌듯한 마음일 텐데 아쉽기 그지없다. 그 마음과 생각은 때로는 맞는 것일 수도 또 때로는 틀린 것일 수도 있다는 것을 나는 안다. 오늘 하루의 일정을 전체적으로 고려했을 때 에너지를 비축하고 나서 짧은 시간에 집중해서 일을 마치는 것이 체력 안배 차원에서 더 나은 날이 있고 일의 일정이 늘어지지 않도록 의지적으로 몸을 일으켜, 해야 할 일을 해야 하는 날이 있다. 각기 다른 상황에 따라서 결정하고 행동하는 것이지, 쉬는 시간을 갖느라 일을 빨리 끝내지 못했다고 해서 무조건 내 성장의 진도가 늦어지는 것은 아니라는 것이다. 미루는 것이 습관이 되면 안 된다는 것쯤은 이미 알고 있지 않은가. 스스로에게 핑계를 대는 것은 안 될 말이나 반대로 가혹하게 굴고 있는 것은 아닌지 살펴보자는 것이다.

라이프 밸런스

예전에는 틈만 나면 책상에 붙어 살았었다. '틈새시간 활용'이라는 말이 왜 필요한지 이유를 모를 만큼 그냥 내내 일 혹은 책을 붙잡았다. 잠깐씩 아이들을 돌보고 집안일을 하면서도 바로 다시 일로 돌아오곤 했었다. 그렇게 내내 일을 붙잡고 있어야 할 만큼 일이 많았었나 생각하면 또 고개가 갸우뚱거려진다. 그럴 필요까지는 없었는데. 일과 성장에 대한 강박과 불안이 있었던 것은 아닌지 돌아보게 된다. 그리고 인생에 있어서 진정 중요한 것이 무엇인지도 자꾸 다시 생각해 보게 된다.

이제는 봄볕이 좋은 날은 기한이 남은 할 일쯤은 과감하게 몇 시간 뒤로 미루고 가까운 사람들과 산책을 나간다. 인생을 살다 보니 할 일을 빨리 끝내는 것보다 사랑하는 사람들과 시간을 갖고 추억을 남기는 것이 더 의미 있는 일이라는 단순한 생각의 정리를 할 수 있게 되었기 때문이다. 온 가족이 모이는 저녁시간에는 종종 집 안 정리도 잠시 미루고 아이들과 게임을 하거나 퍼즐을 맞추며 시간을 보낸다. 저녁에 시간을 내서 마무리하면 참 마음이 가벼울 것 같은 남은 일들이나 독서까지도 잠시 미룬다. 그렇게 보내는 시간들이 아깝다는 생각은 점점 더 들지 않는다. 나중에 집중하면 빨리 해버릴 수 있는 일들 때문에 소중한 시간들을 하나도 갖지 못한다면 그 인생에 어떤 낙이 있으며 일에 치여서만 살면 그 인생에 무엇이 남을까 생각하면, 내 옆에 있는 사람들과 함께하는 쉼의 시간이 더없이 중요하게 느껴진다. 쉼과 여유에 채운 삶의 소중한 가치들로 나의 성장도 일도 더 의미가 있어진다. 이것이 진정한 밸런스 있는 삶이 아닐까?

'남들만큼 해서는 남들보다 성장할 수 없다. 괄목할 만한 성과를 거두려면 끊임없이 전투적으로 앞으로 치고 나가야 한다.

그만큼 쉬었으면 됐지, 얼마나 더 쉬려고 하는가. 일하지 않고 딴짓을 하는 그 모든 시간이 쉬는 시간이 아니었나. 또 따로 쉼에 대해서 논할 필요가 있는 것인가. 그렇게 나 자신이 일에 몰입하는 것에 방해가 되는 핑곗거리가 늘어나면 성과 없이 시간만 가게 되고 그러다 보면 성장 없이 제자리에 머무르는 인생이 되는 것이다. 성장이 없으면 그것은 제자리에 머무는 것도 아니고 퇴보하는 것이라는 것을 알고 있을 것이다. 앞으로 나아가지 않는 것은 세상이 단체로 타고 있는 트레이드밀에서 내려와 서 있는 것이나 다름없다. 세상은 변해 가는데 트레이드밀에서 내려온 나의 세상은 멈춰 버린 탓에 성장은커녕 점점 더 세상의 변화를 따라잡기가 어려워진다.'

쉬고자 하는 우리의 뒷덜미를 잡아끌며 정신 차리라고 말하던 내면의 목소리이다. 그 목소리가 하는 이야기를 이어 보자면 한참을 더 말할 수 있다. 그리고 그중 대부분은 내가 내 입으로도 내뱉어 본 이야기들이다. 쉼의 반대편 논리들을 다 알고 쉼 없이 살아 보기도 했기 때문에 쉼을 강조하는 것이라기보다 쉼이 주는 유익에 반박할 말이 없음을 깨달았기 때문이라는 말이 더 맞는 듯하다. 그러다가 다시 남들보다 백배는 더 노력해 본 사람의 노력과 시도에 대한 이야기에 굴복되는 듯하지만 그들도 결국은 체력의 한계를 경험했다는 이야기를 들으며 적절한 쉼을 전략적으로 삶에 적용하자는 결심을 다시금 하게 된다.

　결국은 생각과 결론의 도돌이표. 뭐든 적당하고 전략적이기가 쉽지가 않지만 쉼과 일에서만큼은 물러설 곳이 없다. 돌이킬 수 없이 건강을 해치지 않을 정도에서 한발 더 나아가서 뇌에 활력이 공급되어 새로운 아이디어가 활발히 솟아날 수 있도록 잘 쉬기도 해야 하고 조금 피곤한 것쯤은 적당히 참고 인내하며 집중력을 유지해서 일에 효율성도 높여야 한다. 쉬는 것도 적당히 참고 인내하는 것도 결국 지향하는 바는 같은 것이다. 목표 관리도 목적도 없이 한도 끝도 없이 늘어지는 삶에도 쉼 점검은 필요하다. 겉으로 보기에는 쉬는 시간이 길지 몰라도 쉼의 질이 형편없을 때는 에너지가 회복되지도 않을 뿐 아니라 새로운 생각들이 떠오르기도 어렵기 때문이다. 따라서 누구에게나 섬세하게 점검되고 디자인되어 적용이 필요한 것이 바로 이 쉼이다.

쉼의 시간을 아까워하지 않는 것은 그것이 설령 일을 완성시키는 내 속도를 늦춘다 해도 내가 가진 쉼이 소중한 순간들로 채워져서 오히려 내 인생이 균형이 잡히고 있음을 알게 되었기 때문이다. 쉼도 일도 인생 안에서 함께 잘 버무려져서 효율성과 가치를 모두 높여 갈 수 있는 방법을 찾아가는 것이 진짜 프로페셔널로 살아가는 길임을 깨달아 쉼을 더 이상 버려지는 시간으로 느끼지 않게 된 것이다. 나에게 더 중요한 것들이 무엇인지 내 인생의 방향이 어디를 향해 가고 있는지를 기억하고 그 방향과 맞지 않는 욕망에 매몰되지 않고 삶의 가치를 챙기며 살아가겠다고 결정했기에 쉼이 가치 있게 느껴지는 것이다. 그러한 깨달음과 생각들이 진정 내 것이 되었을 때, 내가 내면의 생각들이 중심을 잡고 비로소 퀄리티 있는 쉼을 쉴 수 있는 상태가 될 수 있을 것이다.

메타인지적
토닥임으로

●

바라본다

유난히 피곤한 어느 하루. 몸에 힘을 빼고 의자에 걸터앉아 있는 나를 가만히 바라본다. 머리에서 발끝까지 축 늘어뜨린 나를 가장 먼저는 격려한다. 애썼다. 대견하다. 그렇게나 열심히 살아 주어 고맙다. 하고 말하는 동안 내 눈가는 촉촉해지고 명치끝 단단했던 것이 날숨과 함께 풀어져 나간다. 옷가지를 의자 위에 널어놓은 것처럼 그렇게 걸쳐져 앉은 시간이 얼마나 길든지 간에 그냥 기다려 준다. 내가 나에게 말을 걸어 주고 바라봐 주는 동안은 혼자 앉아 있어도 외롭지 않다. 오히려 나의 속도를 배려해 주는 기다림에 편안함마저 느껴진다. 기다려 주는 것이 타인이 아닌 탓에 혹시나 지루하지 않을까 이렇게 앉아 있는 나에 대해서 오해하고 있는 부분이 있지는 않을까 신경 쓰고 걱정할 필요도 없다. 내가 나를 격려하고 토닥여 주는 시간은 무척이나 따뜻하다. 이해받고 있다는 느낌과 안정감은 나의 에너지가 고갈되어 있는 순간에도 나의 기분까지 나락으로 떨어지지는 않게 해준다.

평소 쉼을 마치고 일어나 일상으로 돌아오는 느낌이 어떠했는지 떠올려 보자. 용기까지 필요하지는 않더라도 주저앉은 채로 계속 있고 싶은 이상한 관성의 법칙을 깨고 몸을 움직여야 한다는 사실에 편안한 느낌이 들지는 않는다. 그때이다. 또다시 토닥임이 필요한 타이밍이. 힘을 주어 두드릴 필요도 없이 가볍게 어깨에 손을 대는 정도의 격려만으로도 나는 다시 몸을 일으켜 일상으로 돌아온다. 쉼이 충분했다면 말이다.

누군가에게 진심 어린 격려를 받아 본 적이 있는가. 격려라는 것이 그렇게 특별하거나 큰 힘이 있을까 싶은데 우리는 참 진심 어린 격려라는 것을 충분히 많이 받을 기회도 해줄 기회도 적다. 그냥 던지는 말이나 몸짓 말고 진심으로 상대를 응원하는 마음으로 건네는 격려에는 참 많은 감정이 담기고 인격이 담기고 든든한 신뢰가 느껴진다. 내가 할 수 있다고 믿어 주는 마음. 내 성장과 성공을 함께 기뻐하는 마음. 노력한 시간들에 대해 대견해하는 마음과 인정. 그리고 앞으로 내가 이루어 갈 성장에 대한 응원과 기대까지. 그 모든 것이 고스란히 전해진다. 진심 어린 격려에는 사랑과 애정이 담긴다. 그리고 격려를 하는 사람은 그런 사랑을 할 수 있는 인격을 가진 사람이라는 것을 암시한다. 격려는 성숙한 관계 속에서 가능하고 사람을 성장하게 하는 신비한 것이다.

나는 나에게 따뜻한 격려를 해줄 수 있을 만큼 나 자신과 성숙한 관계를 맺어 가고 있는가? 무한한 신뢰와 다정함 그리고 친절함을 나 자신에게 베풀고 있는가? 포기하지 않고 기다려 주며 끝내는 다시 또 토닥이며 일으켜 주는 파트너십을 이루어 내고 있는가?

따뜻한 격려가 있는 관계와 철저한 관리가 있는 관계 중 어느 쪽이 더 성장에 도움이 되는 관계일까? 획기적인 성장을 위해서는 둘 중 한 가지 관계 혹은 상황에서가 아니라 양쪽이 모두 필요할 것이다. 기술적인 관리의 방법에만 관심을 가질 것이 아니라 마음의 관리에도 동일한 중요성이 있음을 기억해야 한다.

셀프코칭으로 나의 쉼을 디자인한다는 것

셀프코칭은 코치 한 명을 늘 데리고 다니는 것과 같은 이득이 있다고 이야기한다. 하지만 셀프코칭에는 단순히 코치를 고용한 것과 또 다른 차원의 이득이 있다. 코칭은 묻고 답하는 대화이다. 질문을 하는 사람과 답을 하는 사람이 다르기 때문에 코치의 질문으로 생각하지 못했던 것들을 떠올려 생각하게 되고 막막하기만 했던 문제들의 해결책을 찾기도 한다. 그에 반해 셀프코칭은 스스로가 스스로에게 질문을 던진다. 질문부터가 다를 수밖에 없다. 많은 질문이 필요하지도 않다. 질문이 길지도 않다. '그런 생각을 하게 된 이유는?', '무엇을 위해서?'와 같은 짧은 질문으로도 무엇을 질문하고자 하는 건지 어떤 생각을 더 해봐야 답을 할 수 있을지 이미 알고 있다. 정리가 채 되지 않아서 시간이 필요할 땐 며칠이고 원하는 만큼 생각을 이어 간다. 속에 있는 생각이나 감정 그리고 욕구를 끄집어내어 입 밖으로 내놓아야 한다면 나오는 동안 꾸며지고 다듬어지는 과정이 있을 수 있지만 그런 과정을 거치기도 전의 날것의 이야기를 있는 그대로 풀어놓고 또 그 이야기에 귀를 기울이다 보면 이게 애초에 어디다가 꺼낼 수 없는 것이었구나 싶기도 하다. 셀프코칭에는 끈기가 필요하다. 끈질기게 질문하고 대답을 마무리해서 내면의 대화를 시작하고 이어 가고 마무리해야 한다. (그것이 어렵다면 코치를 고용하자.) 그렇게 할 수만 있다면 진짜 나의 목소리를 들을 수 있는 선물 같은 시간이 된다.

나의 쉼에 대해서 나 자신과 묻고 답하는 대화는 쉼을 넘어 삶과 일로 이어지게 될 것이다. 내 머릿속에 어떤 생각들이 나를 쉬어도 쉬는 것 같지 않게 하는지. 남들은 이해할 수 없을 수 있지만 나는 무엇을 할 때 즐겁고 쉼이 되는지. 나의 쉼이 궁극적으로는 내 인생에서 어떤 역할을 해주길 바라는지. 어떤 쉼이 나에게 보상이 되는지. 어떤 쉼이 나의 에너지가 제로에 가까울 때 적절한지. 나에게 건강한 쉼이란 어떤 쉼인지. 세상이 말하는 쉼에 동의가 되는 부분은 어떤 부분이고 의문이 드는 부분은 어떤 부분인지.

나는 어떤 쉼을 원하는지.

쉼에 대한 정리되지 않는 생각들을 이렇게 저렇게 하는 동안 조금씩 내 쉼에 대한 그림이 떠오른다면 모래 속에 파묻혀 있던 조개 하나를 주워 들듯 모래를 털어내고 주워 들어보자. 그리고 가만히 들여다보자. 나는 무엇을 기대하며 무엇을 하며 어떻게 쉬고 있는가?

그 쉼 가운데 있는 나를 잔잔하게 토닥여 주자. 나는 나를 재촉하는 목소리가 아니라 격려하는 목소리이다. 이 세상을 더 잘 감당하며 살아갈 수 있도록 용기를 불어넣어 주는 지원군이다.

쉼, 평생자산

　자산은 유형이든 무형이든 관리가 필요하다. 잘 관리하면 불어나지만 잘못 관리하면 사라질 수 있는 것이 자산인지라 잘 관리하는 것도 큰 능력이 된다. 내가 디자인한 쉼도 자산이 될 수 있을까. 내가 나를 위해 디자인한 쉼이야말로 남이 쉽게 따라할 수 없는 나만의 고유한 자산이 될 수 있다. 잘 관리하면 평생을 걸쳐 더욱 풍성해지고 잘못 관리하면 내가 뭘 하며 어떻게 쉬었었는지조차 잊혀 없어지고 마는 쉼의 특성이 자산과 참 많이 닮았다. 자산이 많은 사람은 부자로 불리며 여유로운 삶을 살아간다. 그런데 그 부분까지도 '자신만의 쉼을 터득해서 마음의 여유를 찾았다면 그 또한 여유로운 삶이라 할 수 있지 않은가'라는 생각에 이르니 쉼을 자산이라고 부르지 못할 이유는 없어 보인다. 그럼에도 불구하고 쉼의 자산화를 시도하는 사람은 참 드물다. 쉼은 일을 하는 상태보다는 일을 하지 않는 상태에 가까우니 일을 해야 생기는 금전적 이득과는 거리가 멀다는 생각을 하기 때문일 것이다. 자산의 사전적 의미는 '경제적 가치가 있는 유형, 무형의 재산'(표준국어대사전)으로 자산이라 함은 자고로 '돈'과 가까운 개념으로 여겨지는데 '쉼이 밥 먹여주냐'라고 묻는 질문에 섣불리 그렇다고 답하지 할 수가 없는 것이다. 그렇다 답하기는커녕 계속 쉬기만 했다간 밥 없이 손가락을 빨아야 한다는 생각까지 하게 되면 제대로 쉬어 봐야겠다는 생각 따위는 다시 저쪽 구석으로 처박히고 만다.

그런데 이렇게 생각해 보자. '쉼이 밥을 떠먹을 수 있는 힘을 준다'라고. 쉼이 돈을 벌어 주지는 않지만 돈을 벌 수 있는 힘을 줄 수는 있다. 또 목표로 내딛는 걸음에 방향을 정확히 보게 해주어 도착을 앞당길 수 있고 삶의 가치들을 두루두루 챙기게 해주어 알맹이 없는 인생이 되지 않게 해줄 수 있다. 그래서 우리는 쉼을 찾아 나선다. 이미 찾아 나선 길에 핑계가 필요했다면 옛다, 여기 넘치도록 있으니 마음껏 찾아 헤매기를. 쉼을 탐색하는 과정에서 쉼도 찾고 나도 찾아 살맛나는 세상을 만났다 전해 주었으면 한다.

쉼을 찾겠다 나선 걸음 그 시작

안녕한 쉼을 쉬고 있는 사람들이 얼마나 될까? 안녕하지 않은 쉼에 개선이 필요하다고 느끼고는 개선을 위한 실천을 하는 사람은 또 얼마나 될까? 건강상 문제가 생기기 전에 건강을 관리하고 건강 관리의 차원에서라도 쉼을 관리하기 시작한 사람이 있다면 상당한 자기 관리 능력을 가진 사람이라 할 수 있을 것이다. 여기서 이야기하는 쉼을 관리한다는 것은 피곤해서 할 일이 있는데도 아무것도 할 수 없어서 쉬는 피동태의 쉼이 아니라 예측하고 계획해서 디자인한 능동태의 쉼을 이야기하는 것이다. 쉼은 단기적인 목표가 아닌 장기적인 관점에서 바라봐야 한다. 자기 관리와 더불어 쉼을 관리한다는 표현을 쓴 이유이다. 처음부터 완벽한 쉼을 그려놓을 수는 없는 일이다. 처음에는 남의 것을 따라도 해보고

투박하게 좋아하는 한두 가지로 시도도 해보고 그러면서 나의 취향이 담긴 진짜 나의 쉼이 디자인되어 가는 것이다. 쉼을 디자인해 가는 과정에 있어서는 '완성'의 의미도 사실 모호하다. 나에게 맞추어 계속해서 구체화되고 내가 성장해 나감에 따라서 내 쉼의 방법도 발전되어 나가기도 하고 다양한 방법들로 변형되고 파생되기도 할 것이기 때문이다. 쉼의 방법들이 변화되면 또 변화되는 대로 또 그 나름의 편안함과 새로움이 공존하여 나의 창의적 사고를 자극하게 될 것이다.

어찌 되었든 시작을 하는 것이 중요하다. 시작을 결심하는 순간 나만의 쉼 리추얼이 시작된다. 내 안에 흐르는 선율을 만들어 내고 내가 온전히 이해받을 수 있는 나만의 문화가 내 안에 만들어지기 시작한다. 어떠한 상황에서도 쉴 수 있는 철벽과 같은 마음의 상태라는 것은 어디에도 없는 듯하지만 최소한 극한의 스트레스 상황을 제외하고는 폭 하고 파고 들어갈 공간이 내 안에 만들어지기 시작한다. 처음은 그저 쉼을 위한 시간을 내어 보는 것이 될 수 있다. 메마르고 공허했던 마음에 무겁지 않은 물조리개로 이리저리 물을 뿌리듯이 말이다. 비워 둔 시간으로 여유가 생겨 마르고 말라 먼지가 피어오르던 마음에 촉촉하게 씨앗을 품을 힘이 조금 생기고 나면 그때서야 어떤 모양으로 어떤 꽃씨를 심을지 생각해 본다.

이 책이 쉼을 디자인해 가는 여정의 동반자가 되어 주기를 바란다. 중간중간 책을 덮고 나의 쉼에 대해, 그 쉼이 이야기하는 나와 나의 인생에 대해서 끄적여 보았으면 한다. 내 쉼의 진짜 서사는 그 끄적임에서 시작될 것이다. 그리고 그 끄적임은 자신에 대한 정리와 깨달음으로 채워져 앞으로 다가올 의사결정들이 나의 인생에 있어서 어떤 의미가 있을지를 이야기해 주는 중요한 단서가 되어 줄 것이다. 이 나의 쉼이 나의 잠재력을 어디까지 끌어올릴 것인지 쉼으로 지속 가능해진 나의 꿈은 결국 어디에 가닿고 무엇으로 이어지게 될지 기대되는 마음은 쉼이 만들어 준 여유라는 선물 덕에 가능해진 또 하나의 특별한 별책부록이다.

쉼으로 시작한 나에 대한 탐색을 쉼을 포괄한 삶과 인생으로 과감히 연결시켜 나갈 수 있기를 응원한다. 쉼으로 시작하는 인생의 방향에 대한 탐색이라니 그 시작이 얼마나 만만하고 해볼 만한가. 일단은 나 자신에게 숨을 쉴, 질 좋은 여유를 선물하자.

쉼표 코칭 이야기

쉼을 모르는 그녀들

"내가 쉬는 모습이 그려지지 않아요."
"무엇이 쉼인지, 어떻게 쉬어야 하는지 모르겠어요."

— 목적이 있는 쉼 디자인 코칭 OT 인터뷰 中

파르르 시큰거리는 마음 한 귀퉁이가
엄살인 줄만 알았다.

내가 엄마로서 보여 줘야 하는 뒷모습은
열심히 사는 모습뿐인 줄 알았다.

누군가 나를 알아주기만을 바랐을 뿐
내가 나를 알아주고 보듬어 줄 수 있음을 몰랐다.

— 네 얘긴 줄 알았던, 내 이야기

드디어, 쉼에 대한 이야기

아이들 눈에 엄마는 가치 있는 사람이길 바랐다. 엄마에
대해 설명하며 우리 엄마는 책을 좋아한다고 이야기하는 것
을 보면서 왠지 그동안 책과 일에 파묻혔던 시간이 뿌듯하게
느껴졌다. 그렇게 일에 대해서도 엄마에 대해서도 '열심히,
열심히, 열심히'인 이미지를 만들어 나가는 것이 아이들에게
줄 수 있는 좋은 영향력이라고 생각하며 살았다. 해야 할 일
들이 꼬리에 꼬리를 물며 머릿속을 꽉 채웠기 때문이기도 했
지만 더 심각하게는 쉼을 중요하게 여기지 않았다. 쉬는 방

법도 몰랐고 쉼을 위해 시간적 물리적 공간을 마련하는 결단이 필요하다는 생각은 더욱 하지 못했다. 나에게도 남에게도, 미련하리만큼 고강도의 성실함을 암암리에 강요하는 사이 난 내가 가진 본래의 모습을 돌아 볼 수 있는 여유를 잃어갔다. 깊이 생각하고 영감을 얻고 미지의 나를 만나 기뻐할 수 있는 심리적 공간이 점점 없어졌다. 몸도 마음도 가뭄이 들어 쩍쩍 갈라짐을 느낄 때쯤, 문득 이제는 정말 쉬고 싶다는 생각에 이르렀다.

'잘 쉬는 모습은 어떤 영향력을 끼칠 수 있을까?…'

쉬어도 쉬는 것 같지 않다는 말이 이렇게 친근할 수가 없다. '건강한 쉼'에 대한 집착에 가까운 확신이 점점 강해지기 시작했다. 좋은 에너지로 충전이 되는 쉼 말이다. 나를 차분히 들여다보아 이전엔 보이지 않았던 나의 면면을 발견함으로써 나 자신의 잠재력에 대한 믿음이 생기기 시작하고. 나에게 꼭 맞게 디자인한 쉼 리추얼로 영감과 통찰을 얻어 자존감까지 단단해지는 모습이 눈앞에 그려지기 시작했다. 날이 갈수록 마음 한켠이 가벼워져서 삶을 사는 자세와 세상을 대하는 시각도 긍정적이 되는 그런 쉼을 원했다. 그렇다. 나는 알고 있었다. 나는 지금보다 훨씬 여유 있고 우아할 수 있는 사람이라는 것을.

살고 싶었다. 삶을 느끼고 싶었다. 할 일에 쫓기면서 "나 바빠"로 알량한 자존감을 세워 가는 껍데기 같은 하루하루가 아니라 공기 중에 반짝이는 달짝지근함을 맡으며 심장의 콩딱거림에 짜릿함을 느끼는 삶을 살고 싶어졌다.

방향을 정하고 나니 이전에는 눈에 들어오지 않던 시대적 상황이 눈에 들어오기 시작했다. MZ부터 시니어까지 세대를 막론하고 코비드 블루, 번아웃을 외치고 있는 기사들이 넘쳐나고 있었다. 온라인과 오프라인의 경계가 허물어진 것이 크게 한몫한 것이리라. 일을 오프라인뿐 아니라 온라인에서도 할 수 있고 벌일 수 있는 탓에 내가 일을 하고 하지 않음에 환경 탓을 할 수가 없게 되었다. 온라인이 주었던 유비쿼터스라는 장점이 코로나로 온라인 강화 속도가 빨라지면서 사람들을 쉬지 못하게 만드는 족쇄가 되어 버린 것이다. 그리고 보니 이전처럼 '주말에는 쉰다'라는 개념조차 희미해져 있었다.

번아웃은 '우리'의 문제였다. 돕고자 하는 코치로서의 본능이 발동했다.

이 매거진을 계기로 '엄마'인 사람들을 먼저 코칭 고객 겸 인터뷰이로 모집했다. 모집글을 쓸 때 떠오르는 고객들에게 의향을 먼저 물어보았다. 그들의 대답은 YES. 내가 먼저 묻지 않았지만 마음에 계속 맴돌던 고객들과도 자석 붙듯이 철컥 연결이 되었다.

그녀들, 우리의 첫 만남

우리 사이에 약속이 필요했다. 오랜 고객들이라 서로를 잘 알고 있었지만 그럴수록 그녀들의 이야기가 세상을 안전하게 만나기 위한 장치가 필요했다. 묻고 따지지도 않고 사인을 해서 건네준 그녀들에게 코칭에 대한 설명을 다시금 해주면서 코칭에 대한 오리엔테이션이 시작되었다.

(* 이 글에서는 그녀들에게 가명을 지어 주기로 한다.)

Q

'쉼'이라는 단어가 어떤 느낌을 주나요?

A

[Mia] 준비 단계, 안정감, 마음이 편해지는 느낌이 들어요. 하지만 현실은 쉼도 일도 맘처럼 안 되는 '대기상태'입니다. 아이가 있으면 일이 안 되고 아이가 없으면 쉬고 싶은데 쉬어도 쉬는 것 같지 않아요.

[Chloe] 필요하지만, 쉼표는 마침표라는 마음의 압박이 있어요. 이 불안감을 어떻게 잠재우고 제대로 쉴 수 있을지 모르겠어요. 사실 무엇이 쉼인지 어떻게 쉬어야 하는지 전혀 모르겠어요.

[Beyon] 늘 바쁜데 결과가 없으니 쉬는 게 눈치가 보여요.

쉼을 이야기하기 이전에 마음에 해결되어야 하는 무언가가 있었다. 그녀들을 만나기 전에는 그것이 그저 '인간은 쉼이 필요한 존재'라는 인지적 결단이라고 생각했었다. 쉼을

쉼표, 코칭 이야기

287

미루는 습관적 고착이 해결되면 되는 일이라고 생각했었다. 그런데 그녀들의 마음은 무언가에 쫓기고 있었다.

일과 쉼, 떼려야 뗄 수 없는?

그녀들과 쉼을 이야기하기로 하고는 막상 일과 성과를 이야기하고 있었다. 목표에 도달했다고 할만한 성과가 없다는 스스로에 대한 호된 평가 때문에 '나 이제 좀 쉬어야겠어, 쉬어도 돼, 쉬어야 해'라는 생각이 들지 않는 것이라 했다. 하지만, 일을 한 차원 더 뛰어나게 잘하고 싶다면 제대로 쉬는 것이 무엇보다 중요했다.

고객들에게 코칭을 제안하고 맨 처음 모집할 때부터 일에 대한 애착이 있는 사람들을 타깃했다. 코칭의 이름이 '목적이 있는 쉼 디자인 코칭'으로 발전된 것도 같은 맥락이었다. 하지만 고객들에게 던졌던 질문을 스스로에게 던져 보니 정작 나는 쉼이 삶이 되길 바라고 있었다. 일과 쉼을 딱 나누어서 열심히 일하고 성취감 끝에 행복을 느끼고 난 후! 일한 당신 멋지게 떠나라!가 아니었다. 결론은, 사람들마다 원하는 쉼의 모습은 다르다는 것이었다. 그 사실을 코치인 내가 먼저 받아들여야 했다.

"내가 나라고 알고 있었던 것들이 나를 가두었다."

쉼에 나에게 어떤 영향력을 끼치길 원하시나요?
쉼 후, 어떻게 달라지고 싶으신가요?

그녀들과의 쉼을 향한 탐색이 시작되었다.

처음 우리, 그녀가 원했던 쉼

마음이 평안해지기를 원했다. 제대로 된 쉼을 통해서 자존감이 회복되고, 이전에 생각하지 못했던 아이디어들을 얻을 수 있기를 바랐다. 그리고 그 후에는 차오른 에너지로 성취를 맛보는 삶을 살고 싶어 했다. 아니 적어도, 일상의 수레바퀴를 굴려 가고자 했다.

그저 애를 낳았을 뿐인데. 무엇 하나 맘대로 컨트롤되는 것이 없다. 나 자신을 위해서 쓸 수 있는 시간에 기약도 없다. 그 와중에 세상이 나를 향한, 그리고 나 자신이 나에게 갖는 기대가 한 자도 낮아지지 않았다는 것이 다행인지 외면하고만 싶은 무자비한 현실인 것인지 도무지 판단이 서지 않는다. 사실은 그 무엇을 생각할 겨를도 없이 때로는 상황에 또 때로는 욕망에 내몰린다.

쉼을 넘어서서 그녀가 진짜 원하는 존재함은 어떤 모습인 것일까?

코칭이 진행될수록 그녀가 원하는
쉼의 모습이 달라져 갔다

어느 누구의 방해도 방해받지 않는 일상. 조용한 음악을 들으며 커피 한 잔을 앞에 두고 아무 생각도 하지 않는 시간이 쉼이 되리라 생각했다. 산적한 집안일이 눈앞에 보이면 쉬려야 쉴 수가 없으니 집을 벗어나기로 했다. 그리고 맘 편히 쉴 수 없게 마음을 짓눌러 왔던, 해야 하는데 하지 않던 일들을 조금씩 들여다보고자 했다. 하지만, 이 시도는 삶이 회복되는 쉼에 대한 근본적인 해갈이 될 수 없었다.

일상의 회복이 필요했다. 무엇을 먼저 해야 할지 모를 땐 운동을 하라 했던가. 일상의 균형과 루틴을 잡아 가고자 간헐적으로 운동을 하기 시작했다. 그리고 붙잡고 싶은 순간들을 사진과 몇 개의 단어로 기록하기 시작했다. 그 누구의 방해도 받지 않아야 가능할 것이라 생각했던 그녀가 운동을 하고, 때로는 사람을 만나고, 짧은 기록을 하며 그런 일상이 '괜찮다' 여겨졌다. 스스로가 만들어 놓은 '나의 모습'에서 한 발자국 벗어나도 충분히 쉼이 됨을 느꼈다.

쉼을 찾아가는 나선형의 여정,
그 중심에는 나를 찾고자 하는 욕구가 있었다

쉼표를 디자인하자고 시작한 여정에서 이제 그녀는 쉼을 넘어 살고자 하는 삶의 모습을 디자인하고 있었다. 삶과 쉼

을 분리하는 것이 아니라 삶이 쉼이 되었으면 좋겠다는 고백
이 그녀 입에서도 나오는 것을 보면서 더 이상은 대화의 주
제를 쉼에 국한할 수 없음을 직감했다. 그녀의 모든 시도가
다가가고자 시도했지만 다가갈 수 없었던, 그녀의 참 자아를
향하고 있음을.

그녀도 나도 알고 있었다. 이미 방향을 알아 버렸다고 등
떠밀어 재촉할 이유도 반드시 그 방향으로 나아가야만 하는
이유도 없다. 그저 그러함을 인정할 뿐, 욕구의 방향보다 그
녀의 존재 자체가 자유로워짐이 중요했다.

쉼, 숨, 머무름, 지금 느끼는 감정. 그것을 무엇으로 부르든
우리가 진정 원하는 것은 나의 존재를 알아 가는 것이 돼버렸
다. 어찌할 수 없는 상황에 매몰되지도, 마땅히 어떠해야 함에
휩쓸리지도 않고 나를 온전히 느끼며 살아가는 것. 그것 없이
는 쉼을 논하는 것도 무의미하고 쉼다운 쉼도 불가능했다.

나의 사회적 역할 이전에 나로 살아가야 가능한 쉼.
'나' 해방 만세!

번아웃
증상

손가락 하나 들어 올릴 힘조차 느껴지지 않는 무기력,

어깨에 곰 세 마리는 지고 있는 것 같은 만성피로,

의욕이 없어지고 에너지도 기분도 한없이 가라앉는 상태.

키보드에 올린 손가락을 받치고 있는 손목에 지구의 중력이 그대로 느껴지고 '왜 이걸 하고 있는 거지?'라는 대장에서부터 올라오는 질문에 아무런 이유를 찾지 못해 방황하던 상태. 의미를 묻는 그 '왜'라는 질문에서 목표 지향적이고 진취적인 느낌보다 이미 내적 동기를 잃은 자의 반항끼가 흘러나오고 있음을 알았던 날들.

번아웃이었을까.

쉼표를 찍는 여정이 막바지에 이르렀다.

길지 않은 여정임에도 우리의 쉼표는 삶 전체를 아우르고 일에 영향을 주고 또 받았다. 무엇하나 빼놓고 생각할 수 없이 쉼과 삶과 일이 정반합을 이루며 계속해서 눈덩이처럼 굴러 갔다. 코칭의 주제는 회기를 거듭할수록 진화해 갔고 갈피를 찾지 못하던 열 손가락 끝의 예민했던 감각은 그 무게 중심이 온몸으로 옮겨지며 점차 안정을 찾아갔다.

쉴 수 없는 이유가 도대체 뭐야

BUT… 코칭은 끝나 가고 있었지만 내 무의식은 '평온한 마음으로 쉴 수 없는 이유는 무엇인가?'에 대한 답을 아직 명확하게 찾지 못한 듯했다. 그러다가 문득 예전 회사에 다닐 때의 나의 모습이 떠올랐다. 간혹 한 번씩 날 주저앉게 만들었던 그때의 상태. 일이 안 되고 있던 것도 아니었고 삶에 아주 큰 걱정이 있는 것도 아니었다. 이유를 알 수 없게 기력이 없었고 힘이 없어 축축 늘어지는 느낌이었다. 카페인이 혈관을 타고 흐르겠다 싶도록 커피를 들이부어도 도무지 나아지지를 않았다.

회사를 벗어났다고 상태가 바로 좋아지지는 않았다. 몇 년을, 이전보다는 조금 더 잠을 자고 나의 인생에서 중요한 것들을 돌보고 내가 기여할 수 있는 것들을 찾아서 조직으로 돌아간 기분으로 인내하며 다시 노력하기 시작했을 때 번아웃의 그늘에서 아주 조금씩 벗어날 수 있었다. 이제는 약속된 강의나 회의가 있지 않는 한 여행길에 더 이상 노트북을 챙기지 않아도 여행 일정 동안 마음이 전혀 무겁거나 찜찜하지 않았다. 일에서 분리되는 시간 동안은 그냥 그곳에 머물렀다. 주위 사람들의 성장을 의식하긴 하지만 마음이 조급하지 않았다. 나는 나의 할 바를 차근차근할 수 있는 만큼씩, 하지만 나름의 속도로 성실히 해나갔다. 번아웃과의 관계가 그만큼 느슨해졌다.

코칭은 마치 저의 인생이 적힌 두꺼운 책을 툭 펼쳐 손으로 짚어 가며 한 줄씩 읽어 가는 느낌이었습니다. 인생의 그 시기는 이렇게 쓰여 있었고 그것을 어떻게 해석했었는지, 지금은 어떤 의미로 읽히는지. 그때의 최선과 지금의 최선이 어떻게 달라졌는지를 펼쳐서 볼 수 있었지요. 불편할 수 있는 무거운 이야기를 회기마다 불쑥 내뱉을 때도 단단한 표정의 코치님을 보며 안정감을 느꼈고 이해받는 느낌을 받았습니다. 덕분에 '그럼에도 불구하고 나는 길을 찾을 수 있어'라는 확신이 생겼습니다. 코치님께 정말로 고마운 것 중 하나는 '내가 이런 말을 해도 될까?'라고 주저하게 되는 말들을 내뱉었을 때도 '그렇구나'라고 담담히 받아 주신 점입니다. 내가 아무렇게나 떠든 말 중에서 핵심을 찾고 그것을 다시 한 번 질문으로 끌어내 답을 찾게 해주신 점, 장황한 고민을 정갈한 언어로 정리해 주신 점, 꼬인 실타래 같았던 복잡한 마음을 곱게 말아 유용하게 쓸 수 있게 해주신 점도 감사합니다.

'코칭을 받아야 하는 시기가 따로 있는가'라고 누군가가 물어본다면 '바로 지금'이라고 대답하고 싶습니다. 살아지는 대로 살고 싶지 않은 사람이라면, 지금 여기 살아 있다는 느낌을 받고 싶은 사람이라면 지금 당장 시작하라고 말이죠. 든든한 조

력자, 친구, 선생님, 형제, 동반자 같은 이번 쉼 코칭을 마무리
하면서 삶의 이정표를 노트 한 바닥 가득히 얻어 갑니다.

— 묵직했던 쉼표 코칭 후기, Mia

우리가 주고받은 쉼과 삶과 일로 이루어진 정반합의 대화
는 어쩌면 번아웃으로 멈추어 있던 삶의 바퀴를 조금씩 다시
굴려 가는 시작이 되었는지도 모르겠다. 번아웃의 원인이 스
트레스가 되었든 에너지 방전이 되었든 뻘에 박힌 듯했던 무
기력에서 벗어나고자 했던 시도들과 스스로를 구하고자 했
던 의지가 켜켜이 쌓여 만들어진 힘이 낳은 소중한 시작 말
이다.

삶의 바퀴가 움직일 기미를 보인다면 이제 시작이다. 충분
히 시간을 갖고 나를 돌아보며 내면의 힘을 키워 가자. 넓고
깊게 삶을 향유하는 존재를 향하여.

쉼을
그리다

●

눈을 가리고 손이 가는 대로

쉼을 모른다.

제대로 쉼을 누릴 줄 모른다는 말.
마음 편히 쉬어 본 기억이
쉽게 떠오르지 않는다는 말이 그리 쉽게 나오는가.
게으름을 부릴 줄 모른다는 이야기가 아니다.
시간을 죽일 줄 모른다는 이야기가 아니다.

살게 하는 쉼표를 그려 본 적이 없다는 말이다.

쉼을 위한 프로젝트를 하겠다는 말이

얼마나 아이러니한 줄 아는가.

아무것도 하지 않아야 가능할 것만 같은

쉼과 마주해 보겠다고

무엇인가를 해보겠다니 이 얼마나 애송이 같은 모습인가.

사랑을 글로 배운다는 말과

무엇이 다른가

그 안에 푹 빠져 그 안에서 느껴지는 감정을

충분히 향유하고

회복을 경험하고 때로는 그로 인한 번거로움도 감수하면서

친해진다. 알아 간다.

온갖 방법을 동원해서 여드름 압출하듯

억지로 짜내는 것이 아니라

단단하고 굵게 알맹이가 차오르면 툭 터지는 석류알처럼

그렇게 알아 가야 하는 것일 게다.

몰라서 작정하고 하겠다고 하는 것이 아니다.
그 안에 빠져들 핑곗거리가 필요한 것이다.

"너 요즘 뭐 하니?"
라는 말에 대꾸할 말이
적어도 나라는 인간에게는 필요한 것이라서.

게으르다 참으로 게으르다.
게으름과 자존심 중 무엇 하나 놓지 못하는 꼴이다.
정말로 그런가?

… 아니다. 살고 싶은 것이다.

영도 육도 건강하게 쉬어
기어코 살고야 마는 방법을 알고 싶은 것이다.
남의 말을 더럽게 듣지 않는 인간이라
스스로 깨우치는 과정이 필요한 것이다.
장판 밑으로 꺼져 들어갈 듯이
내 정신과 육체가 침전하는 것을 원하지 않아서.

쉼이라는 숨을 붙잡고자 하는 나에게

진정 필요한 것이 무엇인지 정확히 밝혀 내고

그것을 위한 움직임 혹은 움직이지 않음을 선택할 것이다.

생각 혹은 생각하지 않음을 선택할 것이다.

느낌 혹은 느끼지 않음을 선택할 것이다.

결국 '쉼'은 주체성이 기반이 되어야 함을

세상의 시선보다 나 자신을 향한

나의 목소리에 기울여야 하는 작업임을.

들숨의 온도를 느끼고 날숨의 목 뒤 건조해짐을 느낀다.

눈을 감고 눈꺼풀 안쪽의 시큰함과

눈꺼풀의 묵직함을 느낀다.

얼굴이 떨어지며 꾸벅이듯 땅으로 떨어지고

이내 쎄근거림이 느껴진다.

다시 눈을 떴을 때는 짧은 낮잠에서 깨어난 듯 개운하다.

순간의 몸의 필요에 나만 알 수 있는

작은 충전 방법을 장착하고

일순간 몰아치는 감정의 회오리에
위로의 자아를 출동시킨다.

내가 나를 돌봐 주는 것.
쉼은 결국 몸과 맘이
평온히 쉴 수 있는 보호막으로서 필요한 것인가도 싶다.
쉬어도 된다는 정당성과 위험으로부터 자유하다는 믿음
그리고
쉼이 내 발목을 잡는 것이 아니라
오히려 지속 가능성을 높여 줄 수 있다는
단단한 멘탈과 함께.

짧지 않을 이 여정이 기대가 된다.

전에 없던 깨달음들과 새로이 발견할 나와 너의 감정들과
무한히 밝혀질 내 안의 진짜 모습들에 내가 놀라고
나와 가장 가까운 사람들이
놀라게 될 것임을.

눈에 보이는 것보다 보이지 않는 삶의 질에 심취하고

그런 나의 근사한 모습에 자족을 넘어

찬사를 보내게 될 것임을.

입술 끝이 먼저 반응하는 이 만남 난 찬성일세.

드디어, 쉼표
번아웃에서 벗어나는 목적 있는 휴식

글 박연희
발행일 2024년 5월 31일 초판 1쇄

발행처 다반
발행인 노승현
책임편집 민이언
출판등록 제2011-08호(2011년 1월 20일)
주소 서울특별시 마포구 양화로81 H스퀘어 320호
전화 02-868-4979 **팩스** 02-868-4978

이메일 davanbook@naver.com
홈페이지 davanbook.modoo.at

ⓒ 2024, 박연희

ISBN 979-11-85264-92-9 03810